Der eigentliche Weg

Der Sammler von Zufällen

Nikolai Elbers

Am 24.11.1963 in Hamburg geboren, wuchs der Autor auch in Hamburg auf und studierte nach dem Abitur Sinologie, Philosophie und Germanistik in Münster, München und Berlin, ohne das Studium abzuschließen.
Nach dem Studienaufenthalt in München leistete er in Hamburg den Zivildienst in einem

Altenpflegeheim. 1997 von Berlin nach Hamburg zurückgekehrt, arbeitete er seitdem zeitweise in der Altenpflege und seit 2012 als Gärtnerhelfer in verschiedenen Betrieben.

Vom Autor bisher veröffentlicht:

Der eigentliche Weg, 2009 im Engelsdorfer Verlag, der Vertrag endete am 30. Juni 2019,

Der Besuch des Bruders oder die Manipulationsgesellschaft, 2014 im Engelsdorfer Verlag ,

Das Gebet, 2014 als E-Book bei neobooks .

Nikolai Elbers

Der eigentliche Weg

Der Sammler von Zufällen

Bibliografische Information
durch die Deutsche Nationalbi-
bliothek: Die Deutsche National-
bibliothek verzeichnet diese Pu-
blikation in der Deutschen
Nationalbibliografie; detaillierte
bibliografische Daten sind im
Internet über http://dnb.d-nb.de
abrufbar.

ISBN : 9783749466542
© 2019 Nikolai Elbers
Herstellung und Verlag: BoD-
Books on Demand, Norderstedt

Inhalt

1. Das große Missgeschick

Es sei eine kurze Störung, so hieß es am Anfang; um etwas Geduld wurde gebeten. Moderatoren sprachen routiniert von einer technischen Panne, die in kürzester Frist zu beheben sei. Die Schriftzüge Pause, Unterbrechung, oder „Bitte haben Sie etwas Geduld" auf den stehenden Bildern wurden teilweise von Musik untermalt. Wenig später wies man darauf hin, dass sämtliche Sender von der Störung betroffen seien, und kündigte mit Bedauern den verspäteten Beginn der nachfolgenden Sendungen an. Im Hintergrunde wurden Stimmen laut; als aber der Moderator halb scherzhaft zur Erklärung ansetzte, brach die Übertragung hier wie bei den anderen Sendern auch, plötzlich ab. Es handelte sich nicht um einen Stromausfall. Die vorläufige Überprüfung der Geräte, der Antennen und Satellitenanlagen blieben ohne Ergebnis; ebenso wie die vielerorts nachfolgende gründliche Überprüfung dieser Anlagen durch die entsprechenden Fachleute. Nur wenige der Betroffenen drangen telefonisch zu den Serviceangeboten der Sender durch. In der auf einigen Radioprogrammen einsetzenden Sonderberichterstattung wurde um Geduld gebeten und auf das ungewöhnliche Ausmaß der Störung hingewiesen. Nachdrücklich riet man davon ab, die entsprechenden Fachleute zu beauftragen, da die Ursachen für die Störung nicht im häuslichen Bereich zu finden seien. Je nach Art und Zielgruppe der einzelnen Programme war man ungewöhnlich belebt und angeregt, heiter, gelassen, und ernst, betonte man die komischen Aspekte des Zwischenfalls, fand an der Störung auch etwas Positives. Man sprach mit den Verantwortlichen, mit Technikern über mögliche Ursachen; Betroffene konnten sich telefonisch, per Fax oder E-Mail fragend oder in anderer Weise an den Sendungen beteiligen. Es war die Rede von einer in dieser umfassenden Art bisher nicht aufgetretenen Störung der Sendefrequenzen, einer vorübergehenden Beeinträchtigung der Sendequalität, an dessen Behebung mit allen verfügbaren Kräften gearbeitet werde. Im Internet wurde fortlaufend über den Stand der Untersuchung informiert. Im Allgemeinen wurde ungewöhnlich viel geredet und telefoniert an diesem Abend, kam es zu ungewöhnlicher Stunde zu vielen nachbarlichen Begegnungen. Mehrheitlich fand

man sich später, es war bereits nach Mitternacht, mit der veränderten Situation
ab. Nach einer vielerorts verkürzten, infol-
ge der An- und Aufregung unruhig verbrachten Nacht war die Nachrichtenlage
am Morgen unverändert. In den Radiosen-
dern sprach man wieder von der vorübergehenden Beeinträchtigung der Sendequalität, einer in dieser umfassenden Art bisher nicht aufgetretenen Störung, an dessen Behebung fieberhaft gearbeitet werde.
Programmdirektoren und Regierungsver-
treter zeigten sich in Stellungnahmen zu-
versichtlich, die notwendig gewordene,
vollständige Überprüfung sämtlicher tech-
nischer Anlagen bis zum frühen Nachmittag abzuschließen. Man wies auf Sonder-
seiten einzelner Zeitungen hin und gab Internetadressen bekannt. In der fortlaufen-
den Sonderberichterstattung auf verschiedenen Radioprogrammen informierten
Techniker in allgemein verständlichen
Worten über die möglichen und auszu-
schließenden Ursachen und warnten in
diesem Zusammenhang erneut davor, die
entsprechenden Fachleute zu beauftragen.
Bereits in der Nacht war ein Krisenstab
einberufen worden, bestehend aus Mitgliedern der Regierungs- und Oppositionspar-

teien, hochrangigen Wissenschaftlern, Militärs, Vertretern der Geheimdienste und der Polizeibehörden. Hier liefen alle verfügbaren Informationen zusammen, erwog man einzuleitende Maßnahmen, koordinierte die weitere Suche nach den Ursachen. Die Ausmaße der Störung waren sensationell, etwas Vergleichbares war bisher nicht vorgekommen. In welcher persönlichen Lebenssituation die Betroffenen sich auch befinden mochten, welche Sorgen und Nöte Sie auch plagten, das Sensationelle der Entwicklung berührte oder erfasste doch jeden Einzelnen. So sprach man über das Thema z.B. mit einem gegenseitigen, augenzwinkernden Einverständnis über das Ungewohnte der vorübergehend entstandenen Situation. Im Allgemeinen war man trotz des Wochenanfangs ungewöhnlich belebt, fühlte sich einer mit dem anderen auf unbestimmte Art verbunden, fieberhaft verfolgte man die Sonderberichterstattung auch während der Arbeit. Nicht wenige der Betroffenen entschlossen sich nachmittags oder abends kurzfristig zu einem Kino-, Theater- oder Konzertbesuch. Die Vertreter einer religiösen Minderheit, die ihre Broschüren meist still, doch nicht ohne ein ge-

heimes Lächeln auf Bahnhöfen und belebten Plätzen anboten, reagierten umgehend
und hielten nun einen kleinen, blank ge-
putzten Spiegel unauffällig in der freien
Hand. Die Untersuchung über die Ursachen für die Störung war unterdessen weiter fortgeschritten, die Sender waren von
Schaulustigen umlagert. Mit gigantischem
Aufwand wurden Produktionsanlagen und
satellitengestützte Übertragungssysteme
überprüft, nutzte man die Kapazitäten der
Luft- und Raumfahrtbehörden und ange-
schlossener Institute, waren zunehmend
auch Klimaforscher an der Aufklärung beteiligt. Die Überprüfung der technischen
Anlagen zog sich bis in den späten Abend
hin. Zunehmend machte sich ungläubiges
Erstaunen breit, man sprach von einem
ungeklärten Sachverhalt, weitere Anstren-
gungen seien erforderlich und würden geleistet. In einer von Regierungsseite verbreiteten Stellungnahme wurde zu Gelas-
senheit geraten, man habe schon ganz andere Krisen überstanden, eine Lösung der
vorübergehenden Probleme sei im Laufe
der nächsten Tage zu erwarten. In den
Medien sprach man über Leistung und
Grenzen der Wissenschaft. War die Realität durch die Wissenschaft lückenlos und

endgültig erklärbar, erfassbar? War die Realität als das Fassbare, Messbare die einzige Ebene? Gab es weitere Ebenen, Räume außerhalb des Sichtbaren, Fassbaren, Messbaren? In einer kurzfristig anberaumten Veranstaltung zu den verschiedenen Aspekten der vorübergehend eingetretenen Störung kam es zu einigen interessanten Vorträgen.

So begann ein Redner seinen Vortrag, ein unbeschriebenes Blatt weißen Papiers hoch in der Rechten Hand haltend mit einigen Sätzen, die den Zuhörern wie in Stein gemeißelt entgegen klangen. Jede kommende Stunde ist eine zu gestaltende Stunde; jeder kommende Tag ist ein zu gestaltender Tag; die Einschränkungen verschiedener Art aber stehen dieser Gestaltung entgegen. Sie führen an Gedanken vorbei und folglich über Gelegenheiten hinweg. Denn wie sich eine Pflanze nur unter bestimmten Bedingungen entwickelt, wächst auch die Wahrscheinlichkeit des Eintretens bestimmter Ereignisse nur unter entsprechend zuträglichen Bedingungen. Kennzeichen und Tragik des eingeschränkten Weges ist deshalb die nicht wahrnehmbare Möglichkeit, sagte er, zerknüllte das Papier und warf es hinter sich.

Im Übrigen spreche er hier nicht von einer Kugel zwischen den Augen oder dem nicht auszuweichenden Hungertod, sondern von dem selbstvergessener Kontinuität eigens Produziertem. Zur Erläuterung seiner Thesen erzählte er folgende Legende:

Schon seit einigen Jahren wohnte Sie in seiner Nähe. Sie kaufte in denselben Geschäften ein wie er. Häufig ging Sie mit ihm die Straße entlang; ging er auf der Linken Seite, ging Sie auf der Rechten, ungefähr auf gleicher Höhe, ging er Rechts, dann ging Sie Links, ungefähr auf gleicher Höhe, die Dinge wiederholten sich. Manchmal wagte Sie mehr und hielt sich in geringem Abstand hinter ihm. Einmal sogar überholte Sie ihn Rechts, blickte kurz zur Seite, floh dann aber schnell ohne den Blick noch einmal zu wenden und vermied in Zukunft solche Manöver. Sie benutzte mindestens einmal am Tag mit ihm dieselben, öffentlichen Verkehrsmittel, Sie stand auf unwirtlichen Bahnsteigen und ließ Züge passieren, weil er es auch tat, Sie folgte ihm auf dem Weg zur Arbeit oder auf dem Weg zurück, sah ihn müde kommen und müde gehen. Immer mit einem Seitenblick halb in seine Richtung, immer den Abstand wahrend, und immer

ohne von ihm bemerkt zu werden. So bestimmte sein Tageswerk das Ihre. Dann
aber saß Sie abends still in ihrer Wohnung, die Geschehnisse des Tages überdenkend.

Immer wieder war Sie ihm nach gereist,
von Ort zu Ort, und innerhalb der Orte,
von Bezirk zu Bezirk, auf einer Karte sorgfältig alle Punkte markierend, die er berührte. Und stand regelmäßig vor dieser
Karte, nach einem Zeichen suchend, einer
kryptischen Spur, die eine neue Strategie
begründen könnte. Sie wählte oft auffällige Kleidung und schminkte sich entsprechend, obwohl es ihr peinlich war und
blieb. Weil Sie ihn mehrmals im Busse sitzend einen fremdsprachigen Reiseführer
benutzen sah, belegte Sie über Monate
hinweg die entsprechenden Sprachkurse
eines renommierten Instituts und schloss
trotz fehlender Begabung alle Prüfungen
mit guten Noten ab. Und immer wieder
gedachte Sie der Erscheinung jener spät
nachmittäglichen Stunde, die ihr Leben so
von Grund auf verändern sollte. Es schell-
te dreimal lang und einmal kurz; ein Hund
bellte; auf dem Dach des gegenüberliegenden Hauses ließen sich einige Raben nieder. Während daraufhin der Straßenlärm

verstummte, quollen aus der linken, oberen Ecke des Wohnzimmers dichte Schwaden hellen Rauches, ohne dass es ihr bedrohlich schien. Plötzlich saß Sie im Nebel auf einer Bank zu Füßen des Herbstlaubes, ein frischer Wind ging tuschelnd über Sie hinweg. Dann sah Sie ihn nur wenige Schritte entfernt mit zwei schweren Tüten in der linken Hand, die Rechte in der Jackentasche leicht gebeugt an ihr vorübergehen. Am nächsten Tage also suchte Sie und fand Sie ihn und blieb auf seiner Spur.

2. Die Löcher im Tagesablauf

Zu der Sonderberichterstattung im Radio, den Informationen, die über Zeitungen und Internet verbreitet wurden, kamen ab dem zweiten Tag auch Veranstaltungen, auf die z.B. per Post durch die lokalen Behörden hingewiesen wurde; auf den Wochenmärkten verteilten Vertreter der politischen Parteien ihre Broschüren. Im weiteren Verlauf der Entwicklung waren es zunehmend auch Privatpersonen, die auf verschiedenen Wegen Beratung und Hilfe anboten, änderten, als es zum Wochenende hin ging und die Sachlage unverändert blieb Theater, Kulturzentren und Begegnungsstätten ihre Programme, luden Volkshochschulen zu Gesprächskreisen ein. Auf den größeren Plätzen, in Schulen, Hochschulen, Betrieben und öffentlichen Einrichtungen wurden organisiert von staatlichen Stellen Leinwände aufgebaut und vor allem für die Übermittlung von Nachrichten genutzt. Die Mehrzahl der Veranstaltungen beschäftigte sich einführend mit den technischen Aspekten des bislang ungeklärten Sachverhaltes, einem Gebiet, das den meisten der Betroffenen unzugänglich war und trotz der versuchten Aufklärung zum größten Teil auch unzugänglich blieb. Die Fachleute mühten sich und schilderten anschaulich, in Wort und Bild, verschiedene Ansätze der laufenden Untersuchung erläuternd, die vermutlich aufgetretenen Probleme, beantworteten geduldig die immer gleichen Fragen. Doch ließ sich eben ein Studium der Physik oder verwandter Wissenschaften nicht an einigen Abenden nachholen. Außerdem gestaltete sich die Untersuchung und somit auch deren Vermittlung als zunehmend schwierig. In den Medien fragte man z.B. nach den verschiedenen Ebenen der Deutung für das Geschehen in der Realität; in einem populistisch und ungenau gehaltenen Philosophie-Exkurs einer Zeitung hieß es u.a.:

Was war der lärmende Nachtbar? Ein Schwachkopf, ohne Frage, doch war er nur ein Schwachkopf oder der Schwachkopf an sich, welche Idee verkörperte er, war er Symbol, Teil eines symbolhaften Geschehens? Konnte aber ein Symbol schwachköpfig sein, taugte ein Schwachkopf zum Symbol, welche Folgen hatte die Bewertung für das eigene Verhalten?

In einem weiteren Zeitungsartikel wurde die Frage gestellt: Wussten die Besucher der Gottesdienste, auf Bänken sitzend, mit Büchern in den Händen, wovon Sie sprachen und sangen? Man sprach über ungewöhnliche Wege der Wahrnehmung, einen möglichen, gemeinsamen, geistigen Raum. In einer Gesprächsrunde im Radio lautete der einleitende Vortrag: Eine Idee komme zur rechten Zeit, lenke Gedanken und Schritte in die entsprechend hilfreiche, sinnvolle Richtung; oder der rettende Einfall zeige sich überraschend erst im Nachhinein. Man folge einer Eingebung, hatte eine Ahnung, rühmte sich für sein Gespür. Es sei hier ein schwer zu ortendes Gebiet berührt, ungeheure Kräfte, Mächte wirkten sich verschleiernd oder wirkten eben nicht. Wenn der sprichwörtliche Blick im Rücken gespürt werde, sei das durch die gewöhnlichen Mechanismen der Wahrnehmung nicht erklärbar. Möglich scheine ihm aber, dass die schauende Person das Bild des Gegenübers in ihrem Kopfe gewissermaßen anzapfe, ausgehend dabei eben von jenem, schwer zu ortenden Gebiet. So wäre die Straße, auf der Alle sich körperlich begegneten, ein gemeinsamer, innerer Raum, eine gemeinsame, innere Sphäre, als weitere Ebene, neben- oder übergeordnet. Welcher Art nun dieser

Raum sei, aus welchem Material, ob und welchen Sinn es mache, sich für ungewöhnliche Kommunikationswege zu sensibilisieren, für rätselhafte Kanäle und Frequenzen, siebte Sinne und neunte Antennen, das allerdings wären berechtigte Fragen.

Auf einer jener Veranstaltungen trat ein Zauberer auf. Nach weniger bemerkenswerten Kunststücken ging der ganz in Schwarz gekleidete Zauberer hinter den Vorhang und kehrte mit einem Holzfass mittlerer Größe auf die Bühne des Saales zurück. Ihm folgten einige Helfer, die fünfzig, mit farbigem Sand gefüllte blecherne Wassereimer im Halbkreis um das Fass gruppierten. Nach menschlichem Ermessen, und der Zauberer brachte dies auch zum Ausdruck, passte ungefähr der Inhalt von zehn Eimern in dieses Fass; er aber entleerte unter wachsendem Staunen und Beifall des Publikums alle Fünfzig. Mehrmals bot er den Zuschauern an, das Fass in beliebiger Richtung zu verschieben, oder Inhalt und Gewicht der Eimer, sowie den deutlich abgenutzten Parkettboden der Bühne auf Manipulationen hin zu überprüfen. Und so klopfte man mühsam kniend den Boden auf eventuell vorhandene Hohlräume ab, spürte mit beiden Händen tief durch den Sand, spähte auch hinter den Vorhang und ließ den Zauberer die Arme spreizen; zwei ältere Herren verschoben in kindlicher Freude das hölzerne Fass bis an den Rand der Bühne. Auch geübten Beobachtern blieb das Ganze ein Rätsel. Bei seiner Tätigkeit allein auf der Bühne, gleichmütig, von allen Eingriffen unberührt, setzte der Zauberer sein Werk fort und entleerte die Eimer; mächtige, buntfarbige Wolken auf wirbelnd verschwand der Sand im Schlund des Fasses. Zum Schluss konnte sich jeder der Zuschauer davon überzeugen, dass es kaum über die Hälfte gefüllt war.

Ausgehend von den Schwierigkeiten, die sich ergaben, wenn man komplizierte, wissenschaftliche Sachverhalte allgemein verständlich darzustellen suchte, dachte man im Allgemeinen über die Rolle der Sprache nach. In einer Gesprächsrunde im Radio sprach man über erkenntnistheoretische Überlegungen, über den wachsenden Einfluss fremder Sprachen, z.B. durch die neuen Medien und die in Diesen benutzte Sprache, oder den Einfluss anderer Kulturen auf die auf die Lebensgewohnheiten, sich manifestierend in fremdsprachigen

Seiten einzelner Zeitungen, man sprach über Sinn und Unsinn der letzten Rechtschreibreform. Nachdem die Überprüfung der technischen Anlagen ergebnislos verlaufen war, setzte man bei der Suche nach den Ursachen neue Schwerpunkte, entdeckten sich dadurch bisher unbekannte Details des Geschehenen, die wieder mit großem Zeitaufwand verbundene Überprüfungen notwendig machten, welche dann ohne das gewünschte Resultat wieder zu viel versprechenden Ansätzen führten. Zunehmend war die Arbeit von Spezialisten aus entlegenen Fachgebieten nötig, es mangelte an der Koordination der einzelnen Arbeitsgruppen, das Konkurrenzdenken der beteiligten Institute war bei der Aufklärung des ungeklärten Sachverhaltes nicht förderlich. Öffentlich sprach man überall in ähnlicher Weise davon, dass die Aufklärung des ungeklärten Sachverhaltes nur eine Frage der Zeit sei; in vielen wissenschaftlichen Instituten ruhe die eigentliche Arbeit, konzentriere man sich allein auf die Lösung der so überraschend entstandenen Probleme, dass Diese gelöst würden, daran bestehe mehrheitlich kein Zweifel. Die während der Aufklärung gewonnenen Erkenntnisse brächten wesentliche Fortschritte für die beteiligten Wissenschaften im Besonderen, und also auch für die Entwicklung der Gesellschaft im Allgemeinen. Das Ganze sei eine Herausforderung, die man in glänzender Tradition stehend, dankbar annehme. Im privaten Gespräch, unter einander aber, äußerten die Wissenschaftler erste Zweifel. Da war man nun auf sicherem Wege, das menschliche Genom in allen Einzelheiten zu entschlüsseln, rührten interdisziplinäre Arbeitsgruppen im Bereich der Neurophysiologie an die noch verbliebenen Geheimnisse des Gehirns, wurden die Mittel der medizinischen Diagnostik ständig verbessert, nutzte man zunehmend punktgenau und zielsicher funktionierende Apparate für die operativen Eingriffe, schöpften die unter bisher nur unzureichend behandelbaren Krankheiten Leidenden fast wöchentlich neue Hoffnung, wurde ein siliconartiges Gewebe in der Raumfahrt gleichzeitig als Hitzeschutz, Transportgerät, und Airbag genutzt, erstellte man eine digitale Weltkarte mit dreidimensionalen Bildern von der Erdoberfläche in nie gekannter Präzision. Computer und die Software zur Datenverarbeitung waren so leistungsfähig wie nie zuvor, die Leitung der stetig anschwellenden Verkehrsströme durch satellitengestützte Informationssysteme war in naher Zukunft wahrscheinlich; da machte man Fortschritte bei der Früherkennung drohender Naturkatastrophen, bohrten Geophysiker in der Tiefe des Meeres, Bakterienstämme isolierend, um Diese für umweltverträgliche Baustoffe nutzbar zu machen, richteten sich Weltraumteleskope dem Urknall entgegen, entwickelte man schädlingsresistente Nahrungsmittel mit dem die Finanzierung begleitenden Hinweis auf Einsatzmöglichkeiten in den wenig entwickelten Gebieten, gab es verfeinerte Methoden, um entstehende Umweltschäden besser einschätzen zu können; waren die Fortschritte in allen Disziplinen dergestalt, dass nur die zuständigen Fachleute untergroßem Zeitaufwand den Überblick nicht völlig verloren, herrschte grundsätzlich die Überzeugung, dass jedes entstandene Problem, auf welchem Gebiete auch immer, zu lösen sei, und sich der entsprechende Fortschritt erzwingen lasse; und stand nun vor diesem noch ungeklärten Sachverhalt. Im Allgemeinen sprach man mehr miteinander in dieser Zeit, kam es vermehrt zu persönlichen Begegnungen. Teilweise suchte sich die Kommunikationsbedürftigkeit ihre Opfer willkürlich; Eignung wurde nicht vorausgesetzt. Das sich der Tagesablauf der Betroffenen veränderte, stellte sich mittels Umfragen heraus. In einer Gesprächsrunde im Radio sprach man über alte und neue Ängste und welche davon berechtigt, welche unberechtigt seien. Man schilderte Ängste vor den Löchern im Tagesablauf, vor der Leere, der Langeweile; Angst vor den gesteigerten Ansprüchen in der Kommunikation, Angst vor dem Ende des Programms. Als grundsätzliche Überlegung wurde angeführt, die Angst sei ein gesetztes Fragezeichen. Ob nun begünstigt durch die allgemein herrschende Stimmung oder nicht, jedenfalls ließ sich ein Betroffener krankschreiben und gab als Begründung an, er sei von abendlichen Überfällen ermüdet, ein Fall, der durch die Presse ging. Seinem behandelnden Arzt schilderte er das immer gleiche Ritual vor dem Einschlafen: Sie liefen um ihn her, als hätten Sie das gleiche Ziel, Sie entstiegen dem Weg, lockten und zerrten ihn sinnreich wie sinnlos zu mancherlei Abkehr. Und er frage sich und den behandelnden Arzt, warum waren Sie scheinbar unermüdlich überhaupt noch da und wieder da, musste er nicht hier und da widersprechen, lohnte nicht der eine oder der andere Abstecher? So war es auch in der letzten Nacht ein Weg inmitten lärmender Gefolgschaft, unter Stocken, Ab- und Ausweichen sich zermürbend und verstummten Sie erst, als die Pforten der Höhle sich hinter ihm schlossen. Die Gefechtslage war in diesem Stadium die Folgende:

Über alle Unterschiede in Charakter und Motivation hinweg geeint durch ein gemeinsames Bestreben ruhte nun so manche Fehde und verharrten Sie also zahlreich vor Ort; er hingegen war sicher und geborgen in der Höhle. Wurden aber die Pforten geöffnet, und sei es nur einen Spalt weit, spürten die Versammelten in ihrem Sinne in die Höhle hinein. Das war im Grunde nicht bedrohlich, denn die Tore würden sich wieder schließen. Störte ihn aber das wenige Licht, kam der Wunsch, der Ärger über den Wunsch und der Wunsch über den Ärger, erfüllte gar ein leises Rauschen die Höhle und machte er gegen alle Erfahrung eine Wendung zum Eingang hin, — denn jede Wendung zum Eingang hin erweiterte die Öffnung, so war ihnen bald der Boden bereitet. Er

26

ging um die Tore zu schließen und jagte Sie den Weg hinunter. Es folgte die Wiederholung der geschilderten Prozedur; der Weg hinauf inmitten lärmender Gefolgschaft.

Privatsender waren auf der Suche nach skurrilen Figuren und stellten Diese öffentlich in Veranstaltungen vor. Da war z.B. jene Frau, die vorgab, einen Zug der Müden führen zu wollen: Sie hatte wie immer gesessen, wie üblich, müde. Und sich gefragt; ob sie je in anderem Zustande gesehen wurde, ob sie erkannt worden wäre, in anderem Zustande. Dann aber durch fuhr Sie der Gedanke: Mache dich auf, gehe hin und suche, suche und finde Deinesgleichen. Also gehe Sie hin durch die Völker der Welt und sammle um sich ohne dass es eines Wortes bedürfe die Scharen der Müden. Der Zug derer, die sich langsam fort schleppten werde immer länger und die Müdigkeit ansteckend wirken; Sie aber führe den Feldzug der Müden mit dem Ziel allgemeiner Ermüdung, als der Vorstufe eines heilsamen Schlafes.

In den Medien schrieb man über die Problematik der Vereinzelten, übte Wissenschaftskritik, stellte den Kontext zu Umweltproblemen her. In einem Artikel stellte der Autor die Frage nach dem Schicksal: Was war das Schicksal?

Das Persönliche,

das Allgemeine,

das Wetter,

die Bewegung in Gegensätzen,

der Abgrund,

die Fragen,

die 1.Zimmer-Wohnung für vier Personen,

der Rollstuhl,

das Heute,

das Morgen,

Zufall, Schicksal, Cocktail?

Man äußerte sich positiv und kritisch über das vorübergehend gestörte Medium. So hieß es z.B. : Das Medium sei ihm über lange Jahre hinweg ein zuverlässiges Mittel gegen die so genannte Langeweile gewesen. Warum auch sollte man sich dieser Stimmung aussetzen?, so frage er die Leser. Der durch vielerlei Arbeit, Anstrengung, und Mühsal beschwerte Tag, — da hatte man nicht nur das Recht, sondern geradezu die Pflicht sich zu erholen, abzulenken, ein wenig zu zerstreuen, was häufig ohnehin schon schwer genug fiel. Oder sollte man etwa die kurz bemessene, zur Erholung verbleibende Zeit auch noch mit

Langeweile, mit stumpfer Grübelei verbringen? Niemandem war es zu verden-
ken, wenn man es sich stattdessen gemütlich machte, an- und abschaltend etwa einer beständigen Sorge für kurze Zeit ent-
floh, sich ermunterte, unterhielt, informierte und die Spannung gleich der Ent-
spannung genoss. Das Alles schilderte der
Autor sehr eindrücklich, erwähnte auch
die manchmal sich einschleichende Selbst-
kritik, — ein Jeder kenne wohl an sich solche Momente; Momente des Zweifels, des
Überdrusses, der Peinlichkeit, und bekannte, diesen Momenten ganz bewusst zu
trotzen. Wer konnte ihm das verübeln?
Und wer konnte ihm da widersprechen?

Man lobte den unbestreitbaren Wert der
vermittelten Information, die Filme über
bedrohte Tierarten, die Möglichkeit, wegen einer Hungerkatastrophe zu einer
Spendensammlung aufzurufen. Hingegen
kritisch hieß es: Der Gebrauch des nun
zeitweilig Gestörten sei eine in wunder-
sam demokratischer Weise für Alle zugängliche und praktizierbare Methode, um
die so genannten Löcher im Tagesablauf,
die Langeweile nicht spüren zu müssen.
Diese Methode diene einem tief verwurzel-
ten Instinkt, der grundsätzlich auf Umge-

hung jener Löcher dränge. Der Instinkt und die Methode bildeten Hand in Hand ein unschlagbares Gespann, das längst auf sanftem Wege zur Herrschaft gelangt sei. Die Autorin beschrieb in lebhaften Farben das Bild einer sich ohne ernsthaften Gegner prinzipiell zwanglos fortwährend ausdehnenden Herrschaft von geradezu märchenhaften Ausmaßen, die entgegen totalitären Varianten ernsthaft zu Kritik ermunterte, in der Milch und Honig reichlich flossen, in der die Untertanen sich nicht als Solche fühlen mussten, da Sie an der Macht beteiligt alle kleine Herrscher waren. Ihr persönlich erscheine diese Herrschaft als eine sich ungemein subtil verschleiernde Form der Tyrannei auf freiwilliger Basis. Wo aber sei hier das ab zuschlagende Tyrannenhaupt? Da sich Instinkt und Methode dergestalt fanden, als hätten Sie einander lange gesucht, sich Alles unwiderstehlich fügte, an einen Bund erinnernd, der für das Leben geschlossen sei, scheute man verständlicherweise davor, abseits zu stehen, zu hintertreiben, und hätte auch den einen abzuschlagenden Kopf im Walde der gekrönten Häupter nicht auszumachen gewusst. Welche Gefahr aber gehe von schlichter Langeweile aus, wenn sich zu dem Zwecke ihrer Umgehung eine Herrschaft gründe?

Wohl satirisch gemeint war die Erinnerung an eine kriegerische Auseinandersetzung, die, so wörtlich, selbst Lethargische vorüber gehend aus dem allzu fad gewordenen Brei der Wiederholungen empor gerissen habe. In erstaunlich frischen Farben, um nie zuvor erlebte Perspektiven bemüht, wurde der Krieg detailgetreu und facettenreich eskalierend ins Bild gesetzt. Dank der regelmäßigen Folgen lernte man die Akteure im Laufe der Zeit besser kennen, besprach sich mit den Nachbarn, litt mit den Opfern, fand kaum Worte und kein Beispiel für die zahlreichen Täter. Mal trat in den Aktionen das Humane in den Vordergrund, mal das streng Militärische, wurde das technische Verständnis vertieft, erweiterte sich der historische Horizont, war das Ganze also lehrreich und spannend zugleich, — was konnte man mehr verlangen? Als es dann nach einigem Leerlauf auf den vermeintlichen Höhepunkt zuging und man sich weiterführende Strategien und neuartige Waffensysteme in Aussicht schon entsprechend vorbereitet, bzw. eingestimmt hatte, brachen die Aktionen langsam an Dramatik verlierend ab.

Die Rückkehr zum Alltäglichen, das gestehe die Autorin offen, sei ihr nicht leicht gefallen.

So war man zum Ende der ersten Woche bei der Aufklärung des ungeklärten Sachverhaltes nicht wesentlich vorangekommen. Sämtliche Überprüfungen der technischen Anlagen verliefen ergebnislos. Zwar hatte man hier und da kleinere Mängel aufgedeckt, und deuteten sich Möglichkeiten zur weiteren Optimierung der Verfahrensabläufe an, die Ursachen für die entstandenen Probleme aber blieben nach wie vor im Dunkeln, wie einzelne Mitarbeiter es wörtlich und nicht ohne Ironie eingestanden. Der Kern des Problems war, dass man nicht genau wusste, wonach man suchen sollte. Es blieb nur, die Überprüfung unter anderen Aspekten zu wiederholen, so z.B. unter dem Aspekt der wirkenden Gravitationskräfte, und die beteiligten Forscherteams durch andere zu ersetzen. Innerhalb der Krisenstäbe schloss man einen feindlichen Ein- oder Angriff nach wie vor nicht grundsätzlich aus, wenn er auch wenig wahrscheinlich schien. Man begann, sich auf eine länger andauernde Suche einzustellen. Wie sollte man das den Betroffenen vermitteln? In einem Zeitungsartikel über die Verständnisschwierigkeiten angesichts der Untersuchung hieß es: In Worte fassen, heiße etwas in Fassung bringen, also notwendig begrenzen, eingrenzen, verengen. So sei alles Fassbare, Messbare, alles Gefasste und Gemessene in Maßen Täuschung, weil begrenzt, eingegrenzt, verengt; und die Bewegung in Begriffen, die Bewegung in der durch Begriffe erfassten und erklärten Realität eine Bewegung in Grenzen, eine Bewegung in Täuschung. Der Sinn für das Religiöse habe seinen Ursprung in dem bewusst oder unbewusst vorhandenen Wissen, dass eben die Gebiete jenseits der Grenzen blieben.

So wurde es schon im Verlauf der ersten Woche immer schwieriger, den Stand und Verlauf der Untersuchung zu verfolgen. Bei den mehrmals täglich über Radio und Internet veröffentlichten Forschungsergebnissen der verschiedenen, an der Aufklärung beteiligten Arbeitsgruppen und Institute, war ein unmittelbarer Zusammenhang mit dem Geschehenen nicht immer eindeutig ersichtlich. Hier und da kam der Verdacht auf, das im großen Maße vorhandene Informationsbedürfnis würde für andere Zwecke missbraucht.

Bei den Veranstaltungen wurde häufig neben der Information und Beratung, auch für die Produkte der die Veranstaltung finanzierenden Firmen geworben, wobei sich Zusammenhänge zwischen dem ungeklärten Sachverhalt und den beworbenen Produkten mit ein bisschen Phantasie mühelos herstellen ließen. Gerade zum Wochenende hin lockten die privaten Anbieter nicht nur mit bekannten Gesichtern aus den verschiedenen Sendern und als namhaft angekündigten Wissenschaftlern, sondern auch mit preiswertem kaltem Buffet, Gewinnmöglichkeiten und Kinderbetreuung für die Dauer der Veranstaltung; umrahmten musikalische Darbietungen das Programm. Viele der Betroffenen nahmen in diesen Tagen, gemeinsam mit der Familie, mit Freunden und Bekannten zumindest an einer solchen Veranstaltung teil, fühlten sich mehr oder weniger gut informiert und unterhalten und gingen in unterschiedlichem Maße beruhigt nach Hause. Am Wochenende waren die Kinos ganztägig gefüllt, die Theater- und Konzertveranstalter freuten sich über mehr Besucher als üblich, stellten viele Gastronomen trotz des herbstlichen Wetters wieder Stühle und Tische vor die Tür, verzeichneten Warenhäuser und Einzelhandel steigende Umsätze, wurden Videorecorder und PC s besonders günstig und leihweise angeboten, profitierten auch sportliche Veranstaltungen bei voraussichtlich eher mäßiger Leistung von dem mehrheitlich spürbaren Drang zur Bewegung, einer Stimmung, die teilweise an die Gemütsverfassung in den

Ferien erinnerte. Und wo man sich auch befand, gemäß der jeweiligen Ankündigung wäre man umgehend über eine klärende Wendung in der Entwicklung informiert worden. Als es zum Wochenende hin ging, die Untersuchung, soweit Sie sich verfolgen ließ, keine wesentlichen Fortschritte zu ergeben schien, auf intensive Nachfragen durch einige Journalisten von Regierungsseite das Einberufen mehrerer, auf verschiedenen Ebenen tätiger Krisenstäbe eingeräumt werden musste, und der sich anschließende Versuch zur Beruhigung nicht Alle überzeugen konnte, begannen sich manche der Betroffenen doch zu fragen, wie lange das Ganze wohl noch dauern würde. Nicht wenige der Betroffenen standen mit diesen und ähnlichen Fragen beschwert vor den Fenstern ihrer Wohnungen, schauten auf die herbstlich gefärbten Blätter der Bäume und vergruben die ohnehin schon kalten Hände noch tiefer in die Taschen hinein. Vereinzelt hatten die Betroffenen Schuldgefühle, sich manifestierend z.B. in dem Traum, den eine Patientin ihrem Arzt erzählte: Ein Wagen mit offener Ladefläche fuhr langsam durch die Straßen ihres Viertels. Kinder unterbrachen das Spiel, Bürger traten aus den Häusern, schnell versammelte sich im Gefolge des Wagens eine größere Anzahl von Menschen, denen von Fenstern und Balkonen zugejubelt wurde; kam der Verkehr zum Erliegen, leerten sich die Geschäfte, und wuchs ein mächtiger Zug heran; Männer, Frauen, Kinder, allesamt ernsthaft, mit entschlossenen Mienen; Männer, Frauen, Kinder, im Gleichschritt, und allesamt im Takt der Schritte ihren Namen rufend. So stürzte auch Sie aus dem Haus und über einen Umweg an das hintere Ende des Zuges und rief nun, wie alle anderen auch, ihren Namen.

3. Das Opfer

Es war nicht mehr nur eine kurze Störung oder vorübergehende Beeinträchtigung, sondern es bahnten sich ernsthafte Krisen an. Die Betroffenen ahnten wohl, dass dieser Krise mit Videorecordern und anderen Hilfsmitteln dauerhaft nicht zu begegnen war. Der mehrheitlich in Folge der belebend wirkenden An- und Aufregung herrschenden Ferienstimmung, dem bei Vielen spürbaren, diffusen Gefühl einer gemeinschaftlichen Verbundenheit, standen die mehr oder weniger unfreiwillig Vereinzelten gegenüber. So bemühten sich Wohlfahrtsverbände, Kirchengemeinden und soziale Dienste gerade zum Wochenende hin, den sich abzeichnenden Krisen durch Besuche und der Einladung zu Gesprächskreisen nach Möglichkeit entgegen zu wirken. In den Medien sprach man dieses Thema ebenso an wie die Rolle der Wissenschaft angesichts des ungeklärten Sachverhaltes, begleitete kritisch die Ergebnisse und Selbstdarstellung der beteiligten Institute. Wissenschaftler kamen zu Wort, die in dem wissenschaftsgläubigen Fundament, auf dem die Gesellschaft ruhte, erste Risse auszumachen glaubten; zunehmend sorgten Klimaforscher mit ihren Äußerungen für Aufsehen, und beleuchtete man kritisch sämtliche Aspekte des Geschehenen, die mögliche, weitere Entwicklung, zog erste Resümees. Der Fall eines Bankräubers ging durch die Presse. Gab es anhand seiner Erklärung einen Zusammenhang mit den vorübergehend aufgetretenen Problemen? Nach dem Banküberfall machte er verhaftet folgende Angaben zur Sache. Nach dem vergeblichen Ersuchen um einen kurzfristigen Kredit in bescheidender Höhe habe er, wieder in seiner Wohnung, für Augenblicke auf einem Stuhl gesessen. Dann habe er sich, im Allgemeinen gereizt, den trockenen Gestus des Bankpersonals noch deutlich im Sinn und spontanes Handeln gewohnt, auf den Weg gemacht. Auf diesem Wege nun, der nur über einige Nebenstraßen führte, nickten ihm die Passanten wortlos, doch freundlich zu, wer einen Hut hatte, der zog ihn; Autos fuhren hupend an ihm vorüber, hier und da trat Jemand auf den Balkon hinaus, hell und klar klang das Glockengeläut der nahe gelegenen Kirche. Zunächst noch etwas unsicher, empfand er die Grüße bald als angemessen, wuchs mit der Aufgabe, und ging diesen Weg in gleicher Weise, wie Wasser einen Berg hinunter fließt.

Meinungsumfragen förderten z.B. zu Tage, dass angesichts der veränderten Umstände unbestimmt vage Gefühle einer Verschmutzung und Beengung weit verbreitet waren. Am Wochenende waren die Gottesdienste gut besucht. Hier und da gab es im Anschluss Gesprächsrunden. In einer solchen Gesprächsrunde wurde die Meinung vertreten, dass Geschehene offenbare sich als Eingriff Gottes. Der Redner erinnerte an jene überlieferte Geschichte, in deren Verlauf ein Vater aufgefordert wurde, seinen einzigen Sohn zu opfern und sich also auf den Weg machte. Nach menschlichem Ermessen sei das ein sinnloser Befehl gewesen, Zweifel und Fragen hätte es trotzdem nicht gegeben; die Geschichte sei ein Sinnbild für unbedingten Glauben, dem dann die erlösende Anerkennung folge. Er widerspreche dem nur punktuell Hoffenden, dem Teilzeit-Gläubigen, das Wesen von Hoffnung und Glaube offenbare sich erst im Unbedingten. Im Unbedingten aber gebe es keine Grade und Maße, das Eine sei nicht wahrscheinlicher oder unwahrscheinlicher als das Andere, das Unwahrscheinlichste gleich dem sehr Wahrscheinlichen in jedem Augenblicke möglich. Wer etwa die eigene, nicht mehr greifbar scheinende Hoffnung aufgebe, maße sich an, etwas über deren wahrscheinliches Eintreten aussagen zu können, darin bestehe der Selbstbetrug; da Gott allmächtig, hieße das beschriebene Verhalten, Gott zu bezweifeln, darin bestehe der Gottbetrug. So offenbare sich das Geschehene als Aufforderung ein Opfer zu bringen, das Opfer sei zu verstehen als Weg zur Einsicht in das unbedingte Wesen von Glaube und Hoffnung, der annehmende Gehorsam als Voraussetzung für die Erlösung.

Dem gegenüber stand die Meinung: Die vorübergehend entstandene Problemlage könne die Entwicklung von einem fremd- zu einem selbst bestimmten Starren befördern. Der Deutung vom Gottesbeweis halte er entgegen, dass eine schöpferische, sinngebende, wirkende Macht nicht allgemein gültig beweisbar sei; ein Gott der nachvollziehbaren Wunder stünde dem Wesen des Glaubens, der Leistung des Glaubenden entgegen. Außerdem gebe es grundsätzlich Grenzen des Urteilsvermögens, eine allgemein verbindliche Festlegung hieße die eigene Kompetenz überschreiten. Für ihn persönlich aber erschienen der Raum und die Zeit als gesetzte Fragezeichen, und er schließe von den Fragen auf eine Instanz, die Diese gesetzt habe. Unmöglich sei es den allgemein gültigen Gottesbeweis zu führen, möglich sei die streng persönliche, religiöse Gewissheit, als Fundament der Existenz. Aus dem Gesagten ergäben sich Widersprüche, scheinbar oder tatsächlich Unvereinbares. So sei die Gewissheit unanfechtbar und anfechtbar von allen Seiten, ihr Wesen unerschütterlich und flüchtig zugleich, verblassten die Momente unbedingter Selbstsicherheit notwendig im weiteren Verlauf, bedürfe das verborgen kostbare Gut einer besonderen Pflege und sei immer von mancherlei Gefahren bedroht. Gehe etwa ein Sturm vernichtend über Sie hinweg, wisse man hinterher doch um die Möglichkeit. Die beschriebene Einsicht sei mögliches Produkt der notwendigen Bewegung im Rahmen spannungsgeladener Verhältnisse, und deute gleichzeitig über die Verhältnisse hinaus. Das Bemühen um diese Einsicht gleiche der Auf- und Abwärtsbewegung entlang einer vielfach verbogenen Spirale innerhalb eines Trichters, wobei die Spirale aus dem Trichter hinaus führe.

An diesem Punkt seiner Rede angekommen, bückte sich der Geistliche überraschend, entnahm einer Tasche das entsprechende Gerät und stellte es neben sich auf den Tisch. Tatsächlich ragte aus dem schwarz glänzenden Trichter das Ende einer silbernen Spirale hinaus.

Und eben darin, er zeigte auf das Ende der Spirale, bestehe das Fundament der religiösen Gewissheit; wo man sich innerhalb des Trichters auch befinden möge, sei weniger wichtig; Zweifel und Verzweiflung seien berechtigt, höchstens aber gleichberechtigt; wesentlich erscheine ihm der Wille hin zur Bewegung, und sich das Potential zur Beweglichkeit zu erhalten.

Polizei und Rettungsdienste verzeichneten an diesem Wochenende mehr Einsätze als üblich. Auf einer Veranstaltung zum Thema hielt ein Chemiker einen Vortrag über Aggressine. Viele der Betroffenen konnten den entstehenden Ansprüchen in der Kommunikation nicht genügen. Nun wurden schon immer vorhandene Defizite deutlich spürbar, und wie sollte man sich auch über Abgründe hinweg verständigen, die man zudem nicht als Solche erkannte? Von dem Gerufenen ahnte man ohne den in die Tiefe gerissenen Zusammenhang nur einzelne Worte; die Botschaft wurde zum Echo, das sich jeden Sinn überwuchernd fortpflanzte und den Beteiligten genauso eindringlich wie unverständlich entgegen hallte; begleitende Gesten wirkten hilflos, eine müde Heiserkeit blieb am Ende. Mehr oder weniger offen schob man die Verantwortung für das Unverständnis dem jeweiligen Gegenüber zu und gewöhnte sich an das Rufen, das routiniert Nichtige, feilte an den Gesten, wandte sich langsam ab, oder stürzte bei dem Versuch den Abgrund zu überwinden, in Diesen hinein.

Wie nun ging es Denen, die aus verschiedenen Gründen nachmittags oder abends nicht an einer der vielfältigen Veranstaltungen teilnahmen, Kinos oder Theater nicht besuchten, die nicht in familiärer oder freundschaftlicher Runde saßen, oder die mit der Gesellschaft, in der Sie sich zwanghaft befanden, angesichts der veränderten Umstände nichts anzufangen wussten?

Es ergaben sich von Missstimmung noch halb zugedeckte Fragen, die man auch als die letzten Fragen bezeichnen konnte. So saß mancher zunehmend trostlos in seiner Wohnung und starrte wehmütig mit auf-

kommender Bitterkeit in das Nicht-Er-
leuchtete, Freudlose. War man nicht wie
eine große Familie gewesen, eine Gemeinschaft, eine Gemeinde? Im Zuge dieses
Sitzens vor dem Nicht-Erleuchteten,
Freudlosen, unter dem Einfluss der beschriebenen, persönlichen Verfassung, beeindruckt durch das bisher Unerklärliche
der entstandenen Probleme, wuchsen tag-
traumähnliche Phantasien der sonderbars-
ten Art. Als Beispiel für das Erleben im
Schatten des Nicht-Erleuchteten die Geschichte vom Sachverhalt. Ein Betroffener
erzählte sie im Laufe einer Gesprächsrunde: Es geschah, als er wieder einmal gebeugt von der allgemeinen Notlage in seinem Zimmer saß. Schwere Vorhänge, hell
braun gemustert, weite Fenster, die Wände hoch, so beschrieb er die äußeren Umstände, es dunkelte. Er mochte wohl schon
einige Zeit in diesem Zustande gesessen
haben, seltsam kraftlos, zunehmend bitter;
da bezog ihm gegenüber langsam Gestalt
annehmend so Etwas wie der Sachverhalt
den einzigen Sessel des Raumes, weiß gewandet war er und eher gleichgültig, träge zurück gelehnt in die weichen Polster,
dessen abgeschabtes Leder er eben noch
vor Augen hatte. Damit nicht genug, ent-

stieg den Schatten des Zimmers ein kaum zu beschreibendes, geistähnliches Wesen und forderte mehr fließend leicht zu ihm hinab gebeugt Tribut, Tribut der Stunde. Tribut, so flüsterte es leise, Tribut, erklang es dumpf, das Zimmer füllend. Eisig war es ihm geworden. Und wuchsen nicht die Wände in diesen Augenblicken noch höher hinauf? Hörte er nicht Flügelschlagen über seinem Kopfe?

Jedenfalls fuhr eine Hand zum Sessel hin, verschwand, — ein leises Keuchen drang zu ihm hinüber, dann glitt die Hand geballt zurück, mit ihr der Geist, der weiter huschend in sich selbst verging. Zog er nicht ein als Schweif getöntes Lachen hinter sich her? So oder so ähnlich waren tatsächlich seine Empfindungen gewesen, die er im Nachhinein, im Grunde erst aus Anlass dieses Berichtes in Worte zu fassen suchte; was aber, wie er sich selbst und den Zuhörern eingestehen musste, nur sehr bruchstückhaft gelang, gelingen konnte. Nach dem wie auch immer gearteten Verschwinden der Erscheinung hatte Stille geherrscht. Dunkles Gewölk zog an den Fenstern vorüber, dunkles Gewölk, das der Wind auseinander trieb. Ein dem Lichte geneigter Nebel stieg auf, — ein dem Lichte geneigter Nebel, wiederholte der Redner. Dann ragte etwas aus dem Dunst in diese sonderbare Stunde. Er sah die Spitze eines halb verfallenen Turmes, an der sich zart um spielend Wolken brachen, und dahinter, schwarz und mächtig, die Konturen einer Burg. Als der Nebel sich daraufhin gänzlich verzog, erkannte er gerade noch den Geist, der aus dem Tore über eine hölzerne Brücke verschwand und dabei etwas mit leichter Bewegung in das brackige Wasser des Grabens warf. Der Vortragende hatte lange überlegt, ob er den Zuhörern auch noch über seine dann folgenden Erlebnisse in der Burg berichten sollte und sich dahingehend entschieden, diesen Bericht auf einen späteren Zeitpunkt zu verschieben.

Anfangs der zweiten Woche ließ sich ein Betroffener krankschreiben und gab als Begründung an, er sei Opfer seiner Phantasie geworden; ein Fall, der durch die Presse ging. Seinem behandelnden Arzt berichtete er: Neigte er nur einmal leicht den Kopf zur Seite, schloss er nur einmal kurz die müden Augen, so war die Gebundene auf und davon. Sie war begabt, sich ihm auch dann zu entziehen, wenn er Sie fest im Blicke hatte, die Gebundene oder

scheinbar Gebundene, wobei er die Über-
gänge als fließend ansah. In diesem Sinne
also band er Sie, die nicht zu Bindende. So
geschah es, dass er Sie fest an seiner Seite wusste, die gemeinsamen Schritte in
eine bestimmte Richtung lenkte, und Sie
war plötzlich hinter ihm, grub mit Eifer in
der Erde, las laut aus einer alten Zeitung,
obwohl er es nicht hören wollte, las nicht
weiter, als ihn etwas interessierte, füllte
stattdessen die Taschen mit Unrat und be-
warf die Verfolger. Oder er wusste Sie fest
an seiner Seite, und sah den Weg zurück,
den Sie gemeinsam gekommen waren, da
war Sie schon entbunden und entschwand
ihm, der aufgeschreckt, ins Haus. Wie Sie
hinein gelangte blieb ein Rätsel, die Scheiben jedenfalls schlug Sie von innen ein.
Oder er wusste Sie fest an seiner Seite,
die mit ihrem Zustande kokettierend wie
unter schwerer Last gebeugt dahin
schlich; vielleicht auch in Sehnsucht, des
ewigen Schweifens müde, nach einer
ernsthaften Bindung. War Sie immer um-
triebig, suchend, springend, nur um des
Suchens und Springens willen? Seiner Erfahrung nach bevorzugte Sie das in lichtlo-
ser Gegend Halb vermoderte, stöberte in
dem längst Abgelegten, fuhr gleich einer

Windböe in den mühsam gesammelten Abfall. Keine Ecke war ihr zu staubig, kein Abgrund zu tief, und an ihm war es dann, den Fluchtgedanken trotzend, ermüdet in trostloser Wiederholung, den Unrat zu kehren, die Zäune zu richten, und zu verschließen, was verschlossen gehörte. Und wenn er ruhte? Während er ruhte, verbrachte Sie Reste von Ketten an geheime Orte, Orte eines schändlichen Rituals. In Scheingefechte versunken, um ein loderndes Feuer herum, schwang Sie die Ketten, dem Rituale gemäß, bis Rauch sich in rötlich beschienene Bilder löste, Bilder aus dem Spiel, dem Kampf, den Sie beherrschte.

Die Berater der Spitzenpolitiker, die Schachspielern ähnlich gewohnt waren, weit im Voraus zudenken und zu planen, alle Aspekte möglicher Reaktionen auf eine Äußerung, einen öffentlichen Auftritt, eine politische Entscheidung in der zu wählenden Strategie mit einbeziehend, bis hin zur Durchfallerkrankung eines Beteiligten, diese Berater waren zunähst angesichts der Entwicklung ebenso überrascht wie alle anderen; drängten dann aber schnell auf eine angemessene Berücksichtigung der entstandenen Probleme hinsichtlich der öffentlichen Darstellung. Nie waren die Politiker bürgernäher aufgetreten als in diesen Wochen, die Beziehung wurde hier und da ein bisschen persönlicher. Die Verantwortlichen nutzten zunehmend auch das Internet zur bildhaften Darstellung und verteilten die auf Videokassetten festgehaltenen Pressekonferenzen in großer Zahl und kostenlos an interessierte Bürger. Es galt, war der jetzige Zustand auch ein vorübergehender, den Einfluss auf die nur noch eingeschränkt wahrnehmbare öffentliche Meinungsbildung und Diskussion nicht einzubüßen. Von offizieller Seite aus wurden die Ursachen für die entstandenen Probleme in einer noch zu ermittelnden Störung des atmosphärischen Kontextes vermutet. Der atmosphärische Kontext, die Beziehungen der Gestirne untereinander, der Kosmos. Man erinnerte sich an die Mondlandung, an legendäre, wenn auch zweifelhafte Worte in diesem Zusammenhang, einer missglückten Expedition zu dem Planten Mars, und gedachte des Umstandes, dass der eigene Planet Teil eines Ganzen sei. In einer über das Internet abrufbaren Dokumentation kamen Weltraumfahrer zu Wort und schilderten eindrücklich in verschiedenen Sprachen, dass die Sterne aus anderer Perspektive gesehen nicht flimmerten, der Kosmos zu einem großen Teil aus Materie bestehe, der eigene Planet hinter einem Mondtal aufgehe, man sich in den Weltraum hinein blickend gleichermaßen klein und groß fühle, den Verantwortlichen, Mächtigen, ein Blick vom Monde aus gut täte, oder man Sie besser gleich dort belassen solle; und brachte den Interessierten das komplizierte Gefüge aus wechselseitigen Umdrehungen und Abhängigkeiten näher. Wohl durch Überlegungen dieser Art beeinflusst, veröffentlichte Jemand unter Pseudonym und ebenfalls im Internet Thesen über den inneren Kosmos, der dem Äußeren vergleichbar sei. Und also hieß es:

1. Die Geburt des Kerns ist gleichbedeutend mit der Entstehung des inneren Kosmos.

2. Der Kern bewegt sich in bestimmter Richtung, mit bestimmter Geschwindigkeit, auf bestimmter Umlaufbahn, von dem Entstehungspunkte fort.

3. Die Bewegung vollzieht sich notwendig innerhalb eines Rahmens bestimmter, atmosphärischer Bedingungen. Unter der Überschrift: „Die Ver-

hältnisse innerhalb des Kerns" unterschied der Autor nicht besiedelbare Elemente, besiedelbare Elemente, und den Mittelpunkt. Und weiter:

1. Die Elemente bewegen sich grundsätzlich um den Mittelpunkt. Art und Umfang dieser Bewegung und der sich daraus ergebenden Konstellation ist:

1.1. Durch die Atmosphäre außerhalb des Kerns beeinflusst;

1.2. Durch die den Elementen immanenten Gesetze beeinflusst;

1.3. Durch die Aktivität, die Bewegung des Mittelpunktes beeinflusst; woraus folgt, dass es sich bei der Bewegung, Verschiebung, Neuordnung der Elemente um eine multifaktorielle Bewegung handelt.

2. Der Ort des Mittelpunktes ist:

2.1. Durch die Anordnung der Elemente beeinflusst;

2.2. Durch die eigene Aktivität, Bewegung beeinflusst, woraus folgt: dass es sich grundsätzlich um eine multifaktorielle Aktivität, Bewegung handelt.

3. Die Anordnung der Elemente ist vom Mittelpunkte aus durch Besiedelung beeinflussbar.

4. Diese Einflussmöglichkeiten sind begrenzt:

4.1. Wegen der nicht besiedelbaren Elemente;

4.2. Wegen der den Elementen immanenten Gesetze;

4.3. Wegen der Atmosphäre außerhalb des Kerns. Unter Kapitel 5 wurde zum Verhältnis des Kernes zur Atmosphäre ausgeführt, dass es wechselseitige Beziehungen unterschiedlichen Grades zwischen Kern und Atmosphäre im Allgemeinen, sowie zwischen Kern und Umlaufbahn, als Teil der Atmosphäre, im Besonderen gebe. Und weiter:

5.1. Die Atmosphäre ist Bedingung für Existenz und mögliche Entwicklung, Besiedelung des Kernes.

5.2. Die Atmosphäre im Allgemeinen, sowie die Atmosphäre der Umlaufbahn im Besonderen, beeinflussen über die Anordnung der Elemente auch den Ort, die Bewegung des Mittelpunktes.

5.3. Die Elemente und der Mittelpunkt korrespondieren mit der Atmosphäre der Umlaufbahn im

Besonderen, und der Atmosphäre im Allgemeinen; woraus folgt: Die Besiedelung der Elemente durch den Mittelpunkt wirkt innerhalb des Kerns, und wirkt auf die Atmosphäre; es handelt sich also grundsätzlich um eine multilaterale Wirkung.

6. Die Anordnung der Elemente kann durch:

6.1. Einfluss der Atmosphäre;

6.2. Einfluss der den Elementen immanenten Gesetzen;

6.3. Einfluss der Aktivität des Mittelpunktes; dazu führen, dass der Kern die Umlaufbahn verlässt. Als mögliche Folgen unterschied der Autor in Kapitel 7 den Absturz, die durch atmosphärische Anziehungskräfte bedingte Rückkehr auf die Umlaufbahn und die Weiterbewegung, oder die Rückkehr kraft des Autopiloten. Zu dem Phänomen des Autopiloten hieß es: Dieser Mechanismus sei der Möglichkeit nach im Mittelpunkte angelegt, könne sich nach Verlassen der Bahn automatisch entwickeln, sei Notvorrichtung und Steuerungsmechanismus zugleich, sei als Übergangslösung anzusehen. So sei, hieß es abschließend, in dem inneren Kosmos gleich dem äußeren Kosmos Alles in ständiger Bewegung, die aber nicht als Solche wahrgenommen werde. Zum Beweis für die Bewegung innerhalb des Kerns führte der Autor an: Die Klimaänderung innerhalb des Kerns bei stabilen, atmosphärischen Verhältnissen. Und zum Beweis für die ständige Bewegung des Ganzen: Es sei unmöglich, sich nicht zu bewegen; möglich sei nur, die Bewegung in Ruhe wahrzunehmen.

Es folgte der Beitrag eines nach Selbsteinschätzung wild eingeschränkten Mathematikers über die drei Elemente: Angesichts der entstehenden Unsicherheit unterschied er grundsätzlich drei Elemente: die Gerade, den Kreis und das Ungewisse. Es seien ineinander verschachtelte, sich überschneidende Möglichkeiten und deren Schatten; das ganze Gebilde sei ständig in Bewegung, wobei die Elemente immer in Verbindung blieben. So konnte man an den Schnittstellen fast unmerklich von einem Element in das Andere geraten oder bewegte sich innerhalb des Einen gleichzeitig auch im Rahmen des Anderen. Das Element des Ungewissen entgehe in wechselnder Gestalt jeder genauen Beschreibung, solle aber als Kern das sagenhafte, gewisse Unenthalten, dessen Spuren die Bewegung in diesem Elemente folge.

Privatsender waren auf der Suche nach skurrilen Figuren und stellten Diese öffentlich in Veranstaltungen vor, so z.B. den so genannten Schaumschläger. Nach

seinem Eindruck seien viele der Betroffenen den veränderten Bedingungen nicht
gewachsen. Deshalb scheine es ihm sinn-
voll, eine alte, weithin unbekannte Tradition erneut zu beleben, die Tradition der
Abtretung.

Jede und Jeder sammle den Schaum der
auflaufe und verbringe ihn einmal wöchentlich zum Schaumschläger. Dieser
kippe Alles zusammen und schlage es dem
Ritual gemäß. Die positiven Effekte einer
solchen Abtretung bedürften wohl keiner
weiteren Erläuterung. Natürlich würden
sich die Anwesenden jetzt fragen, was
denn ausgerechnet ihn zum Schaumschläger prädestiniere? Nun, was hatte er eigentlich früher gemacht; war er immer
schon Schaumschläger gewesen oder erst
im Laufe der Zeit dazu geworden? Er berichtete, dass auch sein Vater und seines
Vaters Vater schon in diesem Sinne ge-
wirkt hätten, er also nur ein natürliches
Erbe antrat und wohl auch antreten musste. Seine Entwicklung hin zum Schaumschläger schilderte er als von vielen
Schwierigkeiten begleitet, es sei ihm nicht
leicht gefallen. Er erinnere sich noch genau an seinerseits früh geäußerte Berufs-
wünsche, die aber sämtlich abschlägig be-

schieden wurden, und an die zum Teil sehr
bitteren, von gegenseitigem Unverständnis geprägten Streitereien in diesem Zusammenhang. Er habe damals Sinn und
Tragweite des Amtes, auf das ihn sein Vater schon in früher Jugend vorbereiten
wollte, noch nicht erfasst, noch nicht erfassen können. Sein Vater andererseits sei
so vollständig in der Wesensform des
Schaumschlägers aufgegangen, dass er
sich, noch dazu besorgt um seine Nachfol-
ge, anderen, wie er selbst Sie abfällig
nannte, gewöhnlichen Aspekten des Lebens unzugänglich zeigte und die spezifi-
sche Problematik eines Heranwachsenden
nicht nachvollziehen und einordnen konnte. Im weiteren Verlauf der Entwicklung
aber hätten ihn doch die Erzählungen seines Vaters, der Ernst und die Würde, mit
der Dieser von seiner Berufung sprach, sowie die schriftlichen Aufzeichnungen des
Großvaters zunehmend beeindruckt. Das
Vermächtnis des Großvaters, aus nur wenigen Blättern bestehend, belebt mit
Zeichnungen, in kostbares Leder gebun-
den, barg in überwiegend verschlüsselter
Form die Beschreibung der Rituale. Und
wenn sich auch Erlebnisse aus Kindheit
und Jugend mit dem Abstand der Jahre

rückblickend verklärten, war es doch wahrscheinlich dieser andauernden Berührung mit dem Geheimnisvollen zu danken, dass er sich dem Vater erst als Lehrling, später dann mehr und mehr als Gleichberechtigter anschloss. Es sei für die Zuhörer schwer nachvollziehbar, er wisse genau um diese Schwierigkeit, und mache Niemandem einen Vorwurf daraus, aber das Wirken des Schaumschlägers war früher als ehrenhaft anerkannt und erst im Laufe der Zeit in Verruf und schließlich in Vergessenheit geraten. Über die Ursachen dafür wolle er hier nicht weiter spekulieren. Jede Zeit habe ihre Irrtümer, er persönlich maße sich aber letztlich kein Urteil an, das bleibe künftigen Generationen vorbehalten. Früher jedenfalls war die Stellung des Schaumschlägers innerhalb der Gesellschaft als bewährte Institution hoch geachtet, sein Amt war in Ansehen dem eines Arztes, Richters oder Bürgermeisters vergleichbar. Nur selten sah man den Schaumschläger auf der Straße, Geheimnisse umgaben, ja umwoben ihn und seine Existenz; das Gebäude, in dem er wirkte, hieß volkstümlich nur des Schäumenden Burg und die Kinder hüteten sich wohl, Steine gegen die bronzene Eingangstür zu werfen, wie Sie das sonst bei anderen Häusern mit ähnlichen Türen zu tun pflegten. Das regelmäßige Verbringen des aufgelaufenen Schaums, erst wöchentlich, dann einmal monatlich zu jeweils festgesetzten Zeiten durchgeführt, das Ritual des Schlagens selbst, wenn es auch natürlich nicht öffentlich vollzogen wurde, das Alles war fester Bestandteil des Lebensalltags und wurde gleich kirchlichen oder sonstigen Feiertagen zu den Höhepunkten des Jahres gehörend, von den Beteiligten auch entsprechend gefeiert. Und er also stehe nun hier, um diese Tradition erneut zu beleben.

Wo war Gott an jenem Tage, fragte man in einem lutherischen Radiosender. Wo war Gott an jenem Tage, wo war Gott in jener Nacht? Gastierte er im Stuhle, ihm gegenüber? Verbarg er sich hinter dem Vorhang? Als er ratlos aus dem Fenster schaute, streckte er da nicht seine wolkenverhangenen Finger nach ihm?

Als es dämmerte, huschte er da nicht schattengleich über die Wände seines Zimmers? Verneigte er sich, wie auch der Tag sich neigte? War er die Neigung selbst?

Programmzeitschriften boten Betroffenen ein Forum. So äußerte Jemand den Gedanken, die immer gleiche Struktur in der scheinbaren Abwechslung sei keineswegs als öde, sondern als Annäherung an eine Idee zu verstehen. Was man einem bestimmten Komponisten mit seinen neun vollendeten Sinfonien nachsagte, sei auch in diesem Zusammenhang anwendbar. Beeindruckt von der vorübergehend entstandenen Problemlage hatte Jemand ein Gedicht verfasst, das mit „Trost, Zuflucht, Schirmendes Dach" überschrieben war. Der Wortlaut:

Lob und Preis sei ihm,
dem Namenlosen,
an dessen Seite man des Tages Mühen trotzte,
in dessen Lichte man sich erfrischte,
an dessen Schultern man ruhte;
das wortlos und doch so beredt
die nötige Deckung gewährte.
Preis und Dank sei ihm,
dass es ihn allezeit gütig umsorgte,
ihn auch in Trübsal und Bitternis nicht verließ,
und immer bereit und immer gnädig,
seine schützende Hand
nicht von ihm genommen.

Das Gedicht war mit vollständigem Namen unterschrieben und mit dem Bild des Autors versehen.

Ein Leser schrieb, er hätte sich früher in seinen besseren Stunden dem Zufall die Ehre gebend durch die Kanäle bewegt, und sei über das Beliebige hin zu dem gelangt, das ihn auf Anhieb irgendwie ansprach; dort verweilte er, bis ein Sinn abhanden kam. So ging das einige Male hin und her und endete meistens, in dem ihn der Überdruss lärmend zur Strecke brachte und er sich willenlos, wie zur Strafe, in das vorher noch stolz Übersprungene ergab. Im Walde umher gehend fühlte er sich manchmal daran erinnert und hatte dort auch das Erlebnis der mehrfachen Annäherung. Von dem beschilderten Weg abweichend geriet er bald auf einen schmalen Pfad, der sich aber schon nach kurzer Zeit in hohem Grase verlief. Er kehrte an den Anfang des Pfades zurück und fand nicht weit von Diesem entfernt zunächst einen zweiten Pfad, später dann auch einen dritten Pfad, die in gleicher Richtung weisend wie der Erste, ebenso in hohem Grase und Gestrüpp zu enden schienen. Wieder am Anfang des dritten Pfades sah er seine Vermutung in der Entdeckung eines weiteren Pfades bestätigt, der wohl ungefähr parallel zu den Anderen lief und auf dem er bis zu einer größeren Lichtung gelangte. Umher gehend erkannte er nun, dass auch die vorher beschrittenen Wege direkt auf diesen Platz hinführten. Er fand für sich die Mühsal der vier Pfade durch das Erreichen der Lichtung gerechtfertigt. Wenn aber einmal, so schrieb er dann, der gegenwärtig erreichte Punkt den bis dahin zurückgelegten Weg rechtfertigt, bestehe Grund zu der Hoffnung, dass die schon zur Vergangenheit werdende Gegenwart ebenfalls einen noch im Zukünftigen liegenden Punkt rechtfertigen kann. Für ihn sei das die Kategorie des gerechtfertigten Weges.

In den Zeitungen fanden ungewöhnliche Gedichte Platz, z.B. das folgende:

> Unter feuchtem Nebel,
> im frühen Licht,
> und der Morgenröte nicht würdig,
> erwachte er in einem Sumpfe
> und aus Diesem tönte es wie folgt:
> Du mit Morast Bedeckter,
> der schamlos Du
> im Schmutze wühltest,
> Du merke auf,

dass Einsicht nur mehr
Deine Schritte lenke.
In Freiheit versankest
Du ohne Not,
und sehnest Dich
nach jener Grenze,
die lautlos
Deinem Drange fiel.
Geweiht Barrieren
sah ich seufzend
sich der Torheit beugen;
in Staub zerging
was mühsam Du erbaut.
Doch wie nun Du?
Ich sah Dich stolz
dem Staube trotzen,
ich sah Dich finster
weit beflügelt,
ich sah Dich als
des Niedrigsten Gefährte,
dem sinnlos Du
die Stirne küsstest
und der Dir lachend
sein Gesicht verbarg.
Ich sah Dich, folgte Dir,
dem dumm Entrückten,
der töricht
seine Kreise zog,
bis endlich alles Neue fad

zur Umkehr Dich gezwungen.
Was aber dann,
Du teurer Held,
des Zauberwunsches ledig?
Ich sah Dich
auf dem Weg zurück,
des Nachts,
in heimlicher Gestalt,
des Grenzen Staubes
ehrenvoller Spur
die zweifelhafte Ehre gebend;
in Gram gebeugt,
die Knie zerschunden,
so irrtest Du
und irrtest weiter,
wenn nicht Dein kläglich Blick
mich dauert und Erbarmen sich mir
abrann,
Dir zum Troste und zur Lehre;
Diese fülle Du mit Leben,
Diese fülle Du mit Leben.

Der Werbespruch einer Programmzeitschrift: „... und der Tag gehört Dir", wurde für das Unwort des Jahres vorgeschlagen. Ein Betroffener ließ sich krankschreiben und gab als Begründung zwanghaftes Nachlauschen an, ein Fall, der durch die Presse ging. Seinem behandelnden Arzt schilderte er: Er saß, angesichts des weiterhin nicht Erleuchteten, Freudlosen, und lauschte in einer jener mühsam sich erschließenden Fernen den Ereignissen des Tages nach; stöberte mit wechselnder Beleuchtung in dem Geschehenen, konzentrierte die Erkundung auf Details, auf Nuancen eines Details; er spürte lauschend jeder Schattierung einer Nuance hinterher, bedachte bei sich, ausgehend von der Schattierung, die möglichen Folgen; spähte in diesem Stadium der Erkenntnis mit verändertem Blick nach bisher unbekannten Details, und verfuhr wie oben geschildert, lauschend, spürend, spähend, um Wahrheit bemüht, der Struktur des Geschehens auf der Spur. Doch bewegten sich eben der Lauschende, der Gegenstand des Lauschens, das lauschige Kabinett als Ganzes; und veränderten sich also auch die Lauschverhältnisse. Seitdem er Dieses erkannt, wählte er jeweils zum Abschluss des Lauschens, zum Lohn für sein Engagement, die etwas beschämt sich fügende, bei entsprechender Pflege für einen Tag lang strahlende, haltbare Tageswahrheit. Einzelne Mitarbeiter der Sender berichteten als unmittelbar Betroffene über ihre plötzlich veränderte, persönliche

64

Lebenssituation, sprachen von neuen Aktivitäten im Rahmen staatlicher und privater Veranstaltungen, erinnerten die Zuschauer an gemeinsame Erlebnisse. Kameradschaftlich zeichneten Sie das Bild einer nun kurzfristig gestörten Gemeinschaft, in der alle Beteiligten wechselseitig voneinander profitiert hätten. Sie erwiesen sich, so der vorherrschende Eindruck bei den Zuschauern als Menschen von Fleisch und Blut, wirkten auch in dieser extremen Situation vertraut sympathisch, wussten zu überzeugen, zu beeindrucken, ein gewisser Zauber umgab Sie, man fühlte mit Ihnen. Unabhängig von der vorübergehend ungeklärten Problemlage, dem großen Missgeschick, der ausbleibenden Erleuchtung, oder wie immer man, je nach persönlicher Einschätzung die veränderte Situation auch bezeichnen mochte, ließen sich ganz grob und allgemein folgende Gruppen von Mitarbeitern unterscheiden; so konnte man es in einem Artikel lesen. Der Autor unterschied ernsthaft Bemühte, heiter Bemühte und nicht Relevante, wobei es natürlich Überschneidungen gebe. Ob nun aus einer Laune heraus, denn Vieles ging ja durcheinander in diesen Wochen, persönlich niedrigen Motiven oder ernsthaft berührt, jedenfalls führte er in einer unvollständigen Liste bekannte Namen auf und wurde deshalb in der eingeschränkt wahrnehmbaren Öffentlichkeit stark angefeindet. Später relativierte er seine Meinung und unterschied nun mehr oder weniger ernsthaft Bemühte sowie die vermutlich nicht Relevanten. Was dachten die Leute eigentlich? Welchen Einfluss hatte das Geschehen auf die Beurteilung der verschiedenen Parteien durch die Betroffenen? Konnten die Politiker die vorhandenen Stimmungen, sich anbahnende Entwicklungen noch in dem gleichen Maße wie früher einschätzen und kontrollierend entgegenwirken? Deshalb trug man mit vermehrter Präsenz auch dem gewachsenen Einfluss der verbliebenen Medien Rechnung, nutzte vor allem die in der zweiten Woche anlaufenden Tages- und Wochenschauen, zu deren regelmäßiger Präsentation alle Kinos per Sonderverfügung verpflichtet wurden. Es waren nicht mehr nur die von den Sendern und Regierungsseite beauftragten Institute und Arbeitsgruppen an der Aufklärung der entstandenen Probleme beteiligt, sondern vermehrt auch Wissenschaftler, die im Rahmen ihrer Projekte nach den möglichen Ursachen zu forschen begannen. Das Ungewöhnliche der entstandenen Situation warf auch hinsichtlich der eigenen Forschungsvorhaben neue Fragen auf. Täglich fühlten sich die Betroffenen in unterschiedlichem Maße an die vorübergehend ausgesetzte Ordnung erinnert und hasteten etwa unterwegs nach einem Blick auf die Uhr schnell nach Hause, bevor Sie dann plötzlich stehen blieben und sich die Hand vor die Stirn schlugen, dann z.B. die Haare zurück strichen, um das Ganze zu vertuschen. In einer Meinungsumfrage, bei der es um festgestellte Veränderungen im allgemeinen Erscheinungsbild der Öffentlichkeit ging, gaben viele der Befragten an, diese Handbewegungen bei sich und anderen beobachtet zu haben. Allen Betroffenen, die sich in Folge der veränderten Umstände unwohl zu fühlen begannen, die über Schlafstörungen und Konzentrationsschwächen klagten, an Appetit verloren, und in deren Wesen sich eine bisher nicht bekannte Reizbarkeit einschlich, wurden von der zweiten Woche an, veranlasst durch die zuständigen Gesundheitsämter, unter Einbeziehung der gesetzlichen Krankenkassen, der Ärzteverbände und Krankenhausbetreiber, kostenlose Untersuchungen angeboten. Die Zahl der Mitarbeiter wurde erhöht, man bezog, soweit es möglich war, größere Räumlichkeiten, Telefon-Hotlines und Internetadressen wurden eingerichtet. Vielen der Betroffenen war die frühmorgendliche, sportliche Betätigung, die gewohnte Mittagsruhe, oder die sonst immer pflichtbewusst eingehaltene Lesestunde am Nachmittag irgendwie verleidet, der gewohnte Zeitablauf, die Strukturierung des Tages, die alltägliche Ordnung oder Unordnung der Dinge geriet durcheinander. War in der ersten Woche noch eine gelöste Stimmung vorherrschend, die an Gemütszustände in den Ferien erinnerte, änderte sich die Stimmungslage zunehmend von der zweiten Woche an. Im Allgemeinen schlief man schlechter und weniger als üblich und erforderlich. Vereinzelt hatten die Betroffenen frühmorgens das Gefühl, es handele sich bei den vorübergehend entstandenen Problemen um einen wirren, schlechten Traum, dem allerdings nach Kaffee schmeckend das Träumerische schnell wieder genommen ward. So mancher durch wachte die Nacht in Erwartung neuer Informationen oder in Erwartung der plötzlichen Wiedererleuchtung. Gesellige Runden im Familien- und Freundeskreis zogen sich auch während der Woche bis tief in die Nacht hin, so wie überhaupt das Bedürfnis, bzw. die Neigung zum Gespräch stärker ausgeprägt war als vor dem plötzlichen Ausfall. Besonders am frühen Morgen sah man etwa auf den Bahnhöfen viele Bürger, deren ungläubig staunende Blicke selbstvergessen auf Reklametafeln oder Gleisen ruhten, war eine weit verbreitete Irritation deutlich spürbar. Hier und da war die Neigung zu beobachten, ein kurzes oder auch längeres Wort mit eigentlich Fremden zu wechseln, ein Verhalten, das vor dem großen Missgeschick mehrheitlich als unpassend galt und eher als peinlich empfunden wurde. In einem lutherischen Radiosender thematisierte man den Eingriff göttlicher Macht in die Sphäre des Realistischen und die sich daraus ergebenen Probleme. Man stellte biblische Geschichten in anderen Versionen vor, so z.B. die alttestamentarische Aufforderung zum Opfer. So hieß es: In der Nacht ertönte die Stimme des Engels und erging die Aufforderung, ein Opfer zu bringen. Nach dem Vergehen der Erscheinung war er von Entsetzen gelähmt lange zu keiner Reaktion fähig. Einige Minuten saß er gebannt inmitten der Stimme, die immer noch den ganzen Raum erfüllte. Als der Schock nachließ schien er wie aus einem heftigen Traum erwacht, misstraute der eigenen Wahrnehmung und wähnte sich schon in Sicherheit. Anstatt nun aber allmählich zu verblassen, war ihm das Erlebte noch bis in das letzte Detail gegenwärtig, fast greifbar nahe. Der Befehl klang ihm nicht nur eindeutig klar in den Ohren, sondern wuchs noch in seiner Intensität, bis ihn die Worte so gänzlich wie vorhin das Zimmer erfüllten. Als hätte sich ein Abgrund geöffnet, die Erde aufgetan, als schwanke Alles um ihn herum; so stand er nun nach dem gewaltsamen Einbruch. Das Entsetzen kehrte zurück, vielleicht noch stärker als vorher. Er fühlte sich plötzlich sehr krank und war schon im Begriff, das Zimmer fluchtartig zu verlassen, als ihn aufkommende Empörung davon abhielt. Warum er, so fragte er sich; warum ausgerechnet der eigene Sohn, warum ein Menschenopfer? Und mit Fragen dieser Art verbrachte er den Rest der Nacht. Am nächsten Tag saß er mit seinen Freunden zusammen. Diese fühlten sich nacheinander irritiert, auf den Arm genommen und waren ernsthaft besorgt um die Gesundheit ihres Freundes, der allen Einwänden vernünftiger Art zum Trotz bei seiner Version der Geschichte blieb, sich unverstanden fühlte und nicht trösten ließ. Sie hielten ihn berechtigterweise für übermüdet, befürchteten eine seltene Krankheit, gaben sich hinter seinem Rücken beschwichtigende Zeichen und rieten ihm, eine missliche Auseinandersetzung vermeidend, das Ganze zu überschlafen. Dann wurde ein Besuch für den nächsten Tag vereinbart. Die folgende Nacht verbrachte er unruhig wartend in beständiger Sorge. Gegen Morgen ertönte die Stimme des Engels zum zweiten Mal. Die Aufforderung wiederholte sich, Wort für Wort der Gestrigen entsprechend. Nachdem er stumm in sich zusammengesunken eine Zeit lang auf dem Bett gesessen hatte, wiederholten sich seine Reaktionen der letzten Nacht. Auf das Entsetzen folgte die Bezweifelung des eigenen Verstandes, auf die Erinnerung an die Erscheinung die zunehmende Empörung, nur das diesmal Alles in einer sich noch stetig vertiefenden Angst mündete. Es schien ihm unmöglich, das eigene Kind zu opfern. Was aber, wenn er dem Befehl nicht nach kam? Er musste an die möglichen Strafen denken, die er sich als ein vernichtendes Gericht, als eine beständige Heimsuchung und als das Ende seiner Hoffnungen kaum vorzustellen wagte; überdachte die Aufforderung noch einmal auf der Suche nach einem Hinweis, einem Ausweg. Konnte man aber die Worte eines Engels überdenken? Er dachte an den langen Weg zu der ihm bezeichneten Opferstätte, an das Ritual des Opferns, und das zum Himmel schreiende, wehrlos den Flammen ausgelieferte Kind, sah sich selbst die Opferstätte mit besteigen, halb ohnmächtig von dem Geruch des verbrannten Fleisches, schreckliche Worte auf den Lippen, die Fäuste geballt. Was wartete auf ihn, wenn er das Opfer der Anweisung gemäß vollzog? Gehorsam blieb? Sich in das Schicksal fügte? In dem er nun jedoch versuchsweise die möglichen, positiven Folgen des Gehorsams in Betracht zog, schien ihm das Ganze, Erscheinung, Engel, Stimme, plötzlich als eine teuflische Versuchung. Was wohl, wenn er dieser teuflischen Versuchung nach gäbe und sich also zwingen lasse? In den Bund mit dunklen Mächten? Diesen ausgeliefert? Das waren Gedanken wie ein Triumph und er dankte Gott für diese rettende Erklärung, für diese Lösung, in der ihm alles

Dunkle wieder licht und deutlich wurde. Der Grund für eine Bestrafung wäre allein das ernsthafte Erwägen der positiven Folgen des Gehorsams. Eben darin liege die Versuchung. Widerstehe er, habe die Aufforderung ihren prüfenden Sinn erfüllt und er ginge gestärkt aus diesen Ereignissen hervor. Der Triumph und die Erholung waren nur von kurzer Dauer. Es blieben beeindruckend die zweimalige Aufforderung des Engels, das voll tönende Zimmer, die Macht des ihn zur Gänze erfüllenden Gedankens; es kamen wieder; die Erinnerung an das Gespräch mit den Freunden, und die Sorge um die eigene Gesundheit. Dann bedachte er noch die Möglichkeit, dass er dem Befehl nachkomme, jede Reaktion ausbleibe, und Alles seinen Gang weitergehe, nur eben ohne seinen Sohn. Und er lief mit letzter Kraft bestürzt, um sein Kind im Schlafe zu betrachten.

4. Die Mysterien

Viele der Betroffenen empfanden die entstandene Situation, die Tatsache der ausbleibenden Fortschritte in der Aufklärung zunehmend als rätselhaft, als mysteriös. Das Miterleben einer vermeintlichen Grenzüberschreitung begünstigte eigene Schritte, eigene Versuche hin in diese Richtung. Hatte es Mysterien im persönlichen Leben nicht schon immer gegeben? Es gründete sich der Club der Mysterienerzähler, drei Beispiele für rätselhaftes Erleben mögen genügen. Da war zunächst der so genannte Sinfoniker, der an einer Veranstaltung teilnahm. Er skizzierte kurz den ersten Satz einer Sinfonie, die Partitur auf eine seitlich hinter ihm stehende Leinwand projizierend; teilte den aus klassischem Repertoire stammenden Satz in Abschnitte ein, wies auf zusammen gehörige Taktgruppen hin, auf einzelne Takte; analysierte schließlich Akkorde und einzelne Noten, die er als wesentlich für die Entwicklung des musikalischen Geschehens begriff. So weit die Sinfonie, sagte er. Seiner Meinung nach ließ sich diese Methode der Analyse auch auf das Geschehen innerhalb der persönlichen Realität anwenden. Der eben skizzierten Sinfonie, bestehend aus einzelnen Noten, sei eine Sinfonie, bestehend aus einzelnen Eindrücken, vergleichbar. Um für sich den Beweis einfacher führen zu können, nahm er einige Wochen Urlaub und reduzierte schrittweise seine Erlebnisse und damit die Menge der anfallenden Eindrücke.Ein gewisser Überblick wurde möglich und er übte sich zunächst in diesem Überblick. Dann unterteilte er den Tag in vier Sätze, die ungefähr den Tageszeiten entsprachen; wählte für das Experiment, er nannte es so, den ersten Satz, der die Zeitspanne vom frühen Aufstehen bis zum Mittag umfasste. Auf die Geschehnisse während dieser Zeit richtete er an einem vom Zufall bestimmten Tage seine ganze Aufmerksamkeit und beschrieb schriftlich, nach Möglichkeit detailliert, was sich ereignete. Wie in einer Sinfonie üblich, setzte er die Witterung, die Wolkenbildung, den Vogelgesang, anund ab schwellenden Straßenlärm, das aus diesem Lärm schrill Herauszuckende, die Geräusche innerhalb des Hauses, sowie die eigenen Gedanken und Stimmungen, als wesentliches Instrumentarium fest. Nachmittags saß er dann und teilte ein, zergliederte, fasste Geschehenstakte zu-

sammen, suchte analysierend nach einzelnen, die Entwicklung in irgendeiner Form
wesentlich beeinflussenden Eindrücken.
Die Reaktionen waren zwiespältig. Galt
das Experiment wirklich der Struktur seiner persönlichen Realität, den Momentauf-
nahmen der Existenz? Oder wollte er in
die Stille überlisten? Wie stand es mit dem
Unbewussten, das er ausgeblendet; wusste er um die Gefahr der Über- und Fehlbe-
wertung von einzelnen Eindrücken? Was
aber, wenn er fündig wurde, wer war
Komponist der Sinfonie? Wollte er angesichts der Unmöglichkeit einer vollständi-
gen Aufzeichnung, Einsicht in die Komplexität des Daseins vermitteln?

Ein Betroffener erzählte innerhalb einer
Gesprächsrunde das Mysterium der zu
kurz gekauften Hose: Eines Morgens stellte er fest, dass die vergangene Woche
preisgünstig erworbene Hose nicht die nötige Länge hatte. Es war wohl bei dem
Einkauf zu hektisch zugegangen, im Übrigen aber ließ sich die Hose ja umtauschen.
Während des Umziehens bemerkte er den
schon frankierten Brief, der halb verdeckt
von einer Zeitung auf einem kleinen Tisch-
chen lag. Am Briefkasten war er dann je-

ner Frau begegnet, die mit einem wunderbaren Lächeln an ihm vorüber ging. Erst als er abends von der Arbeit zurückgekehrt war, fand er Zeit, das Geschehene genau zu überdenken. Die kurze Hose, der vergessene Brief, das Lächeln. Er vergegenwärtigte sich noch einmal den morgendlichen Ablauf und drang in Folge dann tief in das Mysterium der zu kurz gekauften Hose ein. Was hatte ihn ausgerechnet an diesem Tag in dieses Kaufhaus getrieben? Hatte es nicht hundertfach andere Gelegenheiten gegeben? Warum hatte er Diese nicht wahrgenommen? Durch solche Fragen ermutigt bedachte er das Geschehen im Kaufhaus, die so genannte Kaufhausebene. Das Verkaufspersonal musste dereinst nur bestimmte Exemplare in die Regale gelegt haben, potentielle Kunden mussten an dem Besuche gehindert werden, z.B. dadurch, dass ein Auto aufgrund eines über strapazierten Motorteiles nicht an sprang. So musste Kilometer auf Kilometer gefahren werden, dabei noch dazu bestimmten Unfällen ausweichend; denn hätte das Auto reperaturbedürftig in der Werkstätte gestanden, der potentielle, am Stadtrande wohnende Kunde hätte anders geplant und öffentliche

Verkehrsmittel benutzt. Der potentielle Kunde, das Auto, die Straße. Straßen mussten gebaut werden, Arbeiter mussten sich schinden. Er gedachte auch noch der nötigen Finanzierung, der Unzahl von Bürgern, die ihre Steuern gezahlt, der historischen Entwicklung mit ihren Höhen und Tiefen. Dann, spät in der Nacht, schwer ermüdet, streifte er noch versuchsweise die Voraussetzungen, die auf Seiten der Frau diese Begegnung ermöglicht hatten. Am nächsten Morgen war ihm die Welt wie verwandelt. In stiller, vom Arbeitsalltag kaum beeinträchtigter Freude, pries er seine Einsicht in das schicksalhafte Wirken, in die Architektur der Existenz; sah sich im Besitz selten gefährlicher Erkenntnisse, dem nicht Erklärbaren entstammend, auf hohem Platze; sonnte sich auch des Abends die Einsicht vertiefend in seinem Ruhme; — und ward blass. Eingeschlafen in fiebriger Erschöpfung, das Mysterium als Pfand in der geballten Faust, sah er sich schon in Schemen zu Seiten jenes Lächelns vom leichten Sommerwind getragen. Morgens dann war er allerdings mit der dunklen Ahnung an einen bösen Traum erwacht. In diesem nahm ihn ein geistähnliches Wesen mit zu kurzer Hose bei der Hand und führte ihn durch Wald und Wiesen hin zu jenem Lächeln. An Einzelheiten konnte er sich nicht mehr erinnern; die Enttäuschung aber, in die er kalt eingetaucht, blieb ihm deutlich erhalten.

Eine andere Betroffene erzählte das Mysterium der vier Spiele. In finanziell bedrängter Lage hatte Sie sich zum Glücksspiel entschlossen und wartete also ungeduldig mit zwei komplett ausgefüllten Spielscheinen in der Hand auf die Ergebnisse. Sieben Spiele und sieben Richtige, eine Quote von 100%, das war die erstaunliche Bilanz des ersten Tages. Ergebnisse und angekreuzte Zahlen mehrfach überprüfend fragte Sie sich, ob das noch Zufall sein könne. Konnte das noch Zufall sein? War es nicht vielmehr eine schicksalhafte Fügung, belohnte nun das Schicksal eines seiner Sorgenkinder? Wäre aber diese Belohnung für ihr Verhalten inmitten widriger Umstände nicht auch schon früher angemessen gewesen? Hatte Sie erst jetzt die nötige Reife? Durch Fragen dieser Art ermutigt spekulierte Sie über die Höhe des zu erwartenden Gewinnes, entschied sich zögernd für eine mittlere Summe, plante ihren beruflichen Werdegang als

Mitarbeiterin auf freiwilliger Basis, übersah den Hausrat, bedachte die Lage ihrer Wohnung, bezog auch Freunde und nähere Verwandte in die Überlegungen mit ein; plante also, bedachte, verwarf, und kam wieder zu sich. 1., 2., und 3. Gewinnklasse, — erste Zweifel traten auf. Äußerte sich die Fürsorge des Schicksals wirklich in Form von Bargeld? Außerdem standen ja noch vier Ergebnisse aus, dachte Sie, plötzlich ernüchtert, und nahm sich die Formulare wieder vor. Darauf, im weiteren Verlauf des Abends, die Wahrscheinlichkeit des Eintretens verschiedener Resultate mit Sachverstand gegeneinander abwiegend, entdeckte sich ihr zunehmend das Geheimnis der vier Spiele; das Geheimnis, das Mysterium, so ihre damalige Einschätzung. Denn welche ungeheure Menge von inneren und äußeren Umständen mussten auf bestimmte Art und Weise miteinander verknüpft werden, damit sich die richtigen Ergebnisse ergaben. Von schwindelerregender Höhe herab sah Sie Leistungsträger frühzeitig mit leichter Verletzung ausscheiden, sah nicht ohne Mitleid den Unparteiischen, der sich schlaflos im Bette wälzte; spürte in der Tiefe des Raumes dem Weltklima nach, der daraus resultierenden hiesigen Witterung, kam zu der Unbespielbarkeit eines Platzes und dem nötigen Los, das ungewöhnlich fiel; Sie drang in ihrem Elan beflügelt bis in Einfamilienhäuser vor, sah den Familienstreit und trotzige Elfmeterschützen. So dachte Sie noch an dieses und jenes.

Es waren sich überschlagende Gefühle der Begnadung, des Auserwählt-Seins, denen Sie kaum gewachsen war, in Denen Sie sich erschöpfte, und die Sie nicht schlafen ließen. Dann aber schlief Sie umso tiefer, elf Richtige im Sinn, elf Richtige um ihretwillen; reiste mit wissendem Lächeln über die Schauplätze, an Denen sich schicksalhaftes Wirken realisierte, gelangte wie von ungefähr zu einem Haus das ihren Vorstellungen entsprach und betrat es freudig, worauf Sie Jubel aus vier geräumigen Zimmern empfing. Als Sie nun ebenfalls jubelnd umher ging, mischten sich Jammern und Klagen hinein, denn im Schatten der Jubelnden standen die Klagenden. Im ersten Zimmer war es ein Fußballer mit bandagiertem Knie, dessen hoffnungsvoll begonnene Karriere durch die Verletzung einen erheblichen Rückschlag erlitt, im Zweiten schaute ihr nun stumm aus großen Augen die schwer erkrankte Ehefrau des Unparteiischen entgegen, im Dritten klagten die Geschwister eines Unfallopfers, dessen Wagen auf regennasser Straße in die Böschung gerast, im Vierten schließlich waren es zwei Kinder, umschattet an die Wand gedrängt, denen die Scheidung ihrer Eltern sichtlich nahe ging. Das ganze Gebäude erfüllt von Jubel und Klage trieb Sie aus dem Haus heraus und eine Straße hinunter, doch fiel ihr das nötige Abwägen schwer. Schon bald lahmten ihre Arme, war Sie des Wägens müde. Der Jubel, die Klage, die Klage, der Jubel, so zwang Sie sich weiter und weiter hinab. Und vernachlässigte nur mehr mit Abwägen beschäftigt ihr Äußeres, verlor ihre Arbeit. Kinder ahmten auf der Straße ihr begegnend ihre Gesten nach, Mann und Freunde verließen Sie lachend. So bot Sie abwägend ein Bild des Jammers, das Sie im Spiegel sehend, erwachte.

Die Verantwortung für 11 Richtige, es wurden dann 9, konnte Sie nicht übernehmen.

Einschränkend merkte anschließend Jemand an: Wer mit den Worten Fügung und Schicksal hantiere, sollte der Zelle gedenken, und den allgemein gültigen Theorien über ihren Aufbau; dann sollte Sie mit dem Schicksal an der Hand umher gehen, umher reisen; es könnte sein, dass darauf die Beziehung etwas abkühlt. In den medizinischen Untersuchungen, die von den Gesundheitsämtern angeboten wurden, klagten die Betroffenen vor Allem über Schlafstörungen, Konzentrationsmängel, Appetitlosigkeit, übermäßig gesteigerten Appetit, und ähnliche Probleme. Für jeden der Betroffenen eine ernsthafte Belastung, mit Auswirkungen auf das Privat- und Berufsleben. Seit Ende der zweiten Woche kamen einige bisher unbekannte Phänomene hinzu. Die teils übertrieben bildhafte Darstellung der persönlichen Probleme war das Eine. Das andere betraf die Schilderung von Träumen. Das vermehrte Erleben von Träumen, die als bedrückend oder sonderbar empfunden wurden, und die den Tagesverlauf belasteten, war im Grunde angesichts der entstandenen Probleme, den vielfältigen Veränderungen im alltäglichen Umfeld, und der damit einhergehenden Auf- und Anregung nicht weiter verwunderlich. Ungewöhnlich aber schien die Häufung einiger Träume fast identischen Inhaltes.

Da alle Ergebnisse dieser Untersuchungen unter strenger Wahrung des Datenschutzes in einer zentralen Datei erfasst und überprüft wurden, war diese Häufung schnell aufgefallen. Die zentrale Erfassung und Überprüfung diente dem Zweck, durch eventuell gehäuft auftretende Störungen in bestimmten Gebieten Hinweise auf Art und Wirkung der vermuteten, atmosphärischen Veränderung zu erhalten. Sicherlich ein etwas gewagtes Unterfangen, doch musste man jede Möglichkeit zur Aufklärung nutzen. Also stellten die auswertenden Computerprogramme eine Häufung von Träumen fast identischen Inhaltes fest; unabhängig vom Ort der Untersuchung, dem Alter, Beruf und Geschlecht der Betroffenen. Nach weiterer Beobachtung, unter Einbeziehung von Daten, die durch niedergelassene Ärzte übermittelt wurden, und als sich die Häufung in größerem Maßstab bestätigte, beschloss man Ende der dritten Woche auf höchster politischer Ebene, innerhalb der Krisenstäbe, diese Auffälligkeiten ernsthaft zu verfolgen; unter einem Vorwande, und strenger Geheimhaltung. Nun waren ja bis in den letzten Winkel entlegener Dörfer hinein alle von den entstandenen

Problemen in gleicher Weise betroffen, wenn auch in unterschiedlicher Ausprägung, dem jeweiligen Charakter gemäß; waren also alle gesellschaftlichen Gruppen, alle Nationalitäten in gewisser Hinsicht gleich, wie es wörtlich in einigen Zeitungskommentaren, sehr ins Blumige gerückt, zu lesen war. Es wurden auch Stimmen laut, die der einen oder anderen ausländischen Gruppe eine Mitschuld oder mehr an dem Geschehenen gaben, und auch öffentlich von den Verantwortlichen verlangten, die bisher erfolglose Suche müsse sich mehr in diese Richtung orientieren. Auf die Herkunft der Angesprochenen, ihre Grundüberzeugung, und daraus folgend: dem wahren Zweck ihres Aufenthaltes.

Was war Ursprung des Religiösen, so fragte man in einem lutherischen Radiosender. Der schwankende Grund beschrieb die Erfahrung eines Hörers: Er habe mit beiden Füßen fest auf dem Boden der Realität gestanden und sich keinen Schritt mehr fortbewegt. Dann, eines Morgens, auf dem Weg zur Arbeit durch eine menschenleere Grünanlage, nichts ahnend und wenig bedenkend, gab der Grund plötzlich nach. Er griff instinktiv in

Richtung der nichterreichbaren Äste eines Baumes und hörte einen Schrei, bevor die Äste brachen. Im gleichen Augenblick aber fand er sich und den Weg wieder unverändert, nur einzelne Blätter fielen noch zu Boden. Eine andere Antwort bezog sich auf das Phänomen der Sprache. In Worte fassen sei als Begrenzung zu verstehen; das Wissen um die Gebiete jenseits der Grenze sei der Ursprung des Religiösen.

Ein Betroffener ließ sich krankschreiben und gab als Begründung an, er sei von den morgendlichen Überfällen ermüdet; ein Fall, der durch die Presse ging. Seinem behandelnden Arzt schilderte er: War das morgendliche Erwachen nicht vielmehr ein morgendlicher Überfall? Wie immer nahten Sie auch an diesem Morgen schemenhaft mit klarem Ziel kaum dass er erwachte. Gegen seine sonstige Gewohnheit aber blieb er dieses Mal geistesgegenwärtig in etwas gekrümmter Haltung, verharrte noch, als die spähende, den Überfall vorbereitende Vorhut längst vorüber, ließ auch das Hauptfeld dahin marschieren, es mochte wohl eine handbreit entfernt sein, hielt inne mit eiserner Disziplin, bis die Gefahr gebannt schien, und erhob sich dann nicht ohne Stolz mit der gebotenen

Vorsicht. Hätte er noch länger warten müssen, waren seine Bewegungen doch zu laut gewesen?, jedenfalls erschienen Sie plötzlich und grußlos um ihn herum. Tapfer versuchte er ihnen den Weg zu weisen, fasste dabei einen Punkt fest ins Auge, trat in geordneter Haltung zur Seite und ließ Sie passieren, — wollte Sie passieren lassen; fügte sich also um Gleichmut bemüht und ließ Sie gewähren; — wollte Sie gewähren lassen; und blickte dann des Lärmens schon jetzt überdrüssig mit Wehmut zurück, nicht einmal bis zur Tür war er gekommen.

5. Die anderen Probleme

Die befürchteten, ernsthaften Auswirkungen auf das Arbeitsleben, die Produktivität der Betriebe waren in diesen ersten Wochen eher gering. Den teilweise auftretenden, gesundheitlichen Beeinträchtigungen, der verbreiteten Neigung zum betriebsfremden Gespräch und dem Bedürfnis, sich auch während der Arbeit über den Fortgang der Untersuchung zu informieren, stand das ausgeprägte Gemeinschaftsgefühl entgegen; vielen der Betroffenen wurde durch die eigentümlich an- und aufgeregte Stimmung das Bewältigen des Arbeitspensums eher erleichtert. Denn natürlich gab es nach wie vor ganz andere Probleme, tobten Wirbelstürme mit verheerender Wirkung über Landstriche hinweg, zerschellte ein vollbesetztes Passagierflugzeug über dem Meer, machten Bürgerkriege eine gedeihliche Entwicklung der betroffenen Gebiete auf längere Zeit hin unmöglich, gelang es in einigen Gegenden nicht, wirtschaftliche und soziale Umbrüche zu bewältigen, gab es auch im persönlichen Bereich der Betroffenen ganz andere Probleme. Dies Alles aber trat sowohl in der Berichterstattung wie auch in dem persönlichen Erleben vorübergehend in den Hintergrund, fand nicht mehr oder nur noch eingeschränkt statt, erschien manchen angesichts der veränderten Umstände nicht mehr so wichtig, war in den Köpfen nicht mehr so präsent. Die Zahl der Beschäftigten, die sich in Folge der entstandenen Probleme krank meldeten, stieg nur geringfügig an. Die Versorgung mit Informationen durch das Internet hatte schnell einen höheren Stellenwert bekommen. Ständig war der aktuelle Stand der jeweiligen Untersuchung aufrufbar, wobei es den unterschiedlichen, technischen Einsichtsvermögen der Benutzer gemäß, mehrere Versionen in der Darstellung gab. Reich bebildert wurde nach Möglichkeit versucht, das Problematische der Untersuchungen zu vermitteln. Viele der Anbieter mühten sich in Zusammenarbeit mit den Sendern und deren Mitarbeitern ideenreich um Ersatz; so wurden Nachrichtensendungen ebenso angeboten wie Gesprächsrunden zur Thematik der entstandenen Probleme. Mit den erhöhten Benutzerzahlen und der längeren Verweildauer der Benutzer im Netz stieg sprunghaft auch das Werbevolumen an, eine Entwicklung, die auch ohne die veränderten

Umstände absehbar gewesen war, durch Diese aber nun beschleunigt wurde. Die Zahl der an das Netz angeschlossenen Haushalte erhöhte sich zur Freude der beteiligten Konzerne ganz erheblich. Der prognostizierte Bedeutungszuwachs des Mediums stellte sich früher als erwartet und in großem Umfang ein. Vielen der Betroffenen, die bisher dem Medium Internet unwillig, z.B. nur einer beruflichen Notwendigkeit folgend, oder skeptisch gegenüberstanden, denen es an Mut oder an der Möglichkeit fehlte, sich mit der Technik näher zu beschäftigen, waren nun zunehmend interessiert; bekamen auch von verschiedenen Seiten preisgünstig die Gelegenheit, das Versäumte nachzuholen. Besonderes Aufsehen erregten die live und nur von Werbepausen unterbrochenen Übertragungen von den verschiedenen Untersuchungen, bei denen man engagierten Wissenschaftlern über die Schulter schauen konnte und die das technische Verständnis der Zusammenhänge vertieften.

Die von privater und staatlicher Seite angebotenen Veranstaltungen zum Themenkomplex der veränderten Umstände waren einem wachsenden Konkurrenzdruck ausgesetzt, das Spektrum der Darbietungen wurde noch vielfältiger, noch bunter. So paarten sich Beratung und Akrobatik, Information und Tanz, sprachen Betroffene offen über ihre gewonnenen Eindrücke; dienten Ausflugsdampfer, stillgelegte Fabrikhallen oder auch die schlichte Natur als Ambiente. In einer Gesprächsrunde am zweiten Wochenende im Radio war das Thema das gesteigerte Bedürfnis nach Kommunikation, bzw. Die gesteigerten Ansprüche in der Kommunikation. Eine Betroffene erzählte den Traum von der Brücke: Auf der Mitte einer Brücke stehend sah Sie zwei Gestalten im Gespräch, die Beide etwas in den Fluss hinunter warfen. Unklar blieb, ob Sie die zahlreichen Vögel fütterten, ihre Kleider zerrissen, oder eben mit der zerrissenen Kleidung die Vögel fütterten. Einige Spatzen pickten nach den Stücken, die sich in der Atmosphäre verhakend eigentümliche Muster bildeten. Die Muster erinnerten Sie an Frostblumen auf winterlich gefrorenen Scheiben. Es schien ihr nur eine Frage der Zeit, Sie hatte den Knall, das Splittern schon im Ohr, als Sie erwachte und die Fäuste geballt vor ihr Gesicht hielt. Ein Betroffener vermittelte sein Erlebnis von Schall und

Rauch: Er werde sich noch um gucken, sagte Sie, mehr beiläufig. Nach wem, fragte er höhnisch, worauf Sie schwieg. Dann rieb Sie bedächtig die Innenflächen ihrer Hände aneinander bis Rauch entstand und schlug ihn mit der rechten Hand leicht federnd ins Gesicht. Der Rauch, der Schlag, ein Werk von Sekunden; er wusste nicht, wie ihm geschah. Von da an begegnete er ihr höflich und sah häufig verstohlen nach ihren Händen. Auch Sie ging mit keinem Wort auf den Zwischenfall ein, wenn es denn überhaupt ein Solcher gewesen war. Ein Dritter berichtete über das Zeichen setzen: Er wollte ihr trotz Allem seine Zuneigung bekunden und also ein Zeichen setzen. Er setzte ein Zeichen und warf einen Sprengsatz; die Trümmer aufsammelnd kam ihm der rettende Gedanke nicht.

In einem lutherischen Radiosender erzählte eine Frau die folgende Geschichte: Das Gebet als das Vakuum füllend, als Initiieren sich fortpflanzender Energie; in diesem Sinne hoffnungsvoll hatte Sie dem widrigen Alltag getrotzt. Doch ergab sich keine neue Möglichkeit, wurde keine Brücke sichtbar. So wurde im Laufe der Zeit die Diskrepanz zwischen dem Erhofften und der tatsächlichen Entwicklung immer größer. Die vermeintlichen Einsichten verblassten. Eines Tages kam es dann begünstigt durch die Enttäuschung zu einem Waldspaziergang mit Selbstgespräch, das nach ihrer Aussage in laute Klage mündete. Nachdem Sie einige Zeit auf diese Weise, hier und da in das herbstlich gefärbte Laub tretend, durch den Wald gegangen war, kehrten die Worte gleich Geschossen zurück und trieben Sie flüchtend vom Wege ab durch hohes Gras, mancherlei Gebüsch und dichtes Unterholz bis hin zu einer Lichtung. Dort stand teilweise mit Moos überwachsen und Laub verhangen ein altertümlich anmutender Webstuhl. Als Sie in der plötzlich eintretenden Stille ihre Kleidung säuberte, kreuzte ein Eichhörnchen ihren Weg von Rechts und lief behende einen Stamm hinauf. Nachdem Sie ihren anfänglichen Schrecken überwunden hatte, näherte Sie sich dem Webstuhl wie in Erwartung eines elektrischen Schlages. Zu beiden Seiten der metallisch blinkenden Sitzbank lagen Rollen mit Garn gestapelt. Sie nahm eine Spule, spürte mit den Fingern über den Stoff, besah den Webstuhl, der leise summte. Dann wickelte Sie den rötlichen Stoff um das so genannte Schiffchen, und begann, sehr behutsam, und erbebte. Später wusste Sie nicht mehr genau, ob Sie persönlich erbebte oder ob es nicht der umliegende Wald war, dessen plötzliche, kurz währende Erschütterung auch Sie erfasste. Erst jetzt bemerkte Sie die dünnen Rohre, die vom Webstuhle aus zu einer steinernen Wand führten.

Stockend, Sie gestand es, öffnete Sie darauf die kleine, eingelassene Tür, tat sehr gebückt einige Schritte und sah durch farbig verglaste Fenster in die Halle hinein. Während ihr die absolut herrschende Stille in den Ohren dröhnte sah Sie vor sich eine Ansammlung von Webstühlen, sämtlich in gleißendes Licht getaucht; sah altertümliche Modelle, die dem Webstuhl auf der Lichtung ähnelten, sah neuwertige Fabrikate, sah Maschinen, die grotesken Formates nur von Ferne an Webstühle erinnerten. Träger in weißen und schwarzen Kitteln bewegten sich gleichmäßig ohne Hast durch die schmalen Gänge, verbrachten das Material, übernahmen die fertigen Produkte, die zu Material geworden. Einzelne Einheiten verschoben sich durch die Decke oder versanken scheinbar grundlos in den Boden, so dass Sie weitere Hallen über und unter Dieser vermutete.

Da stand Sie nun, die lange Reihe der Apparate überblickend, noch immer die Garnrolle mit dem rötlichen Stoff in der Hand. Und hätte wohl noch länger so gestanden, wenn ihr nicht die gebückte Haltung schmerzlich bewusst geworden wäre und Sie aus dem Vorraume wieder hinaustrat. Über ihr rauschte der Wind in den Blättern, der Webstuhl hingegen war verschwunden. Warum Sie sich danach nicht noch einmal umgewendet, sei ihr bis heute unerklärlich. Jedenfalls kreuzte ein Eichhörnchen ihren Weg von links und lief behende einen Stamm hinauf, der wie ein endloser Gang in den Himmel ragte. Auf dem Rückwege, den Sie still und stolpernd hinter sich gebracht, sei Sie Niemandem mehr begegnet.

Als Beispiel für das Erleben im Schatten des Nicht-Erleuchteten der Erlebnisbericht eines Betroffenen über einen Besuch im Schwimmbad. Er erzählte ihn im Rahmen einer Gesprächsrunde: Er hatte schriftlich festgehalten was ihn so verstörte; es geschah während eines Besuches im Schwimmbad, am späten Vormittag. Wie immer um diese Zeit seien es nur Einzelne gewesen, die in angenehm gedämpfter Atmosphäre durch das grünliche Wasser zogen. Jede Bahn streng von der Nächsten getrennt bewegte auch er sich dem Rande des Schwimmbeckens entgegen, stieß federnd zurück und hatte das Ende erneut vor Augen. So sei er nur das Plätschern des Wassers im Ohr einige Bahnen lang hin und her geschwommen. Und weiter, wörtlich: Dann störte ihn plötzlich etwas in seinen schon schwerfällig gewordenen Bewegungen, etwas, das einer Badekappe ähnlich am Rande des Beckens im Wasser lag. Einzelheiten waren nicht erkennbar, auch schien sich Niemand außer ihm für diesen Gegenstand zu interessieren. Eine böse Ahnung stieg in ihm auf und stockte, als öffne sich ein Vorhang nicht. Einige Kinder betraten lärmend und von ihren Eltern zurechtgewiesen die Halle, ein älterer Herr sprang kunstvoll und gegen die Ordnung von der Seite in das Becken hinein; ihm aber schlich das Unheil träge, kalt umschattet, auf seiner Bahn entgegen. Eine Frau, die für kurze Zeit fast parallel an seiner Seite geschwommen war, erschrak, als sie ihn innehalten sah, und blickte schon bereit ihm zu helfen erst auf ihn, dann ebenfalls zum Rand des Beckens hin. Er beachtete sie nicht, hielt sich mit einer Hand an der seine Bahn markierenden Plastikleine fest und starrte fortgesetzt in jene Richtung. Etwas lag da und färbte sich rot im grünlichen Wasser das ihn Entsetzen packte und vorwärtstrieb durch das plötzlich so zäh und widrig verstockte Element in dem ihm jede Bewegung unmöglich schien. Trotz des Schreckens oder gerade deshalb schien ihm das ganze Geschehen unwirklich; als gehöre es nicht eigentlich zu ihm. Eben noch seine geübten, rhythmischen Bewegungen, jetzt kam das gedämpfte Licht, das sonst immer erheblich zu seiner Beruhigung beigetragen hatte, wie aus kalten, nebligen Abgründen und schnürte ihm die Kehle zu. Bevor die Frau an den Rand des Beckens gelangte, hatte er das Echo ihres Schreies schon im Ohr; ihr Bild verlosch, als sie sich zu ihm wandte und den Mund geöffnet beide Arme in die Höhe warf. Es war da nichts mehr außer einem dunklen Spiegel, in dem sein Blick sich langsam brach. In seinem Kopfe hallte es noch, leise rauschend. Es war wohl die Erinnerung an ihren Schrei, dem er nun nachzuspüren suchte, als führe hinter ihm ein Weg hinaus.

Und weiter hieß es in dem Bericht des Mannes, der seine Rolle im Schwimmbad verloren hatte: Er habe dem Schrei noch nachgesehen, als ihm ein Chaos von Licht die Bilder zerriss und entgegen schlug und den Rest des Schreckens hinweg fegte, ein Chaos von Licht, zum Sturme gebändigt, das ihn nur mehr dankend über das Becken trieb und noch weiter tobte, als Alles in gewaltigem Soge sich löste und endlich als Abgrund tosend in Rot und Grün über ihm zusammenfiel.

Am Anfang der dritten Woche erholten sich die Aktienmärkte, die Kursverluste wurden zum größten Teil wieder ausgeglichen. Schon seit der zweiten Woche war den verschiedenen Krisenstäben eine Arbeitsgruppe zugeordnet, die sich mit der sprachlichen Vermittlung der Untersuchungsergebnisse beschäftigte. Die täglich zu verzeichnenden Fortschritte auf den verschiedenen Gebieten wurden als an sich wertvoller Erkenntniszuwachs und als notwendige Schritte hin zur endgültigen Klärung dargestellt. Man sprach jetzt von zusammenhängenden Problemfeldern, die Stück für Stück erhellt werden müssten. In den verbliebenen Medien wurde dieser Sprachgebrauch zunehmend kritisiert, und doch weitgehend übernommen. Man kennzeichnete die Äußerungen von öffentlicher Seite deutlich als Solche. Da die wesentlichen Untersuchungen abgeschirmt unter strenger Geheimhaltung stattfanden, sei man zum eigenen Bedauern auf diese Informationen angewiesen. Man bemühe sich weiterhin um möglichst objektive Berichte, habe aber keine Mitarbeiter vor Ort, die ungefiltert informieren könnten. Von den zahlreichen Initiativen privater Träger zur Lösung der entstandenen Probleme wurde nur noch eingeschränkt berichtet, auch Fachleute hatten ernsthafte Schwierigkeiten, den Markt der Untersuchungen kritisch analysierend zu überblicken. Immer tauchten in diesem Zusammenhang die Fragen auf, welchem Zweck die jeweilige Untersuchung eigentlich diente, wie es um die Bilanzen der beteiligten Firmen stand, und welche Politiker jeweils in den Aufsichtsräten saßen. Was trieb etwa Produzenten von Holzschutzmittel oder Katzenfutter plötzlich in die Weltraumforschung, dabei werbend unterstützt von einem Sportleridol, das seine erfolgreiche Karriere gerade erst beendet hatte? Ein Betroffener ließ sich krankschreiben und gab als Begründung an, er sei mit einem Gedanken eingesperrt gewesen, ein Fall, der durch die Presse ging. Seinem behandelnden Arzt schilderte er: Dieser, ihn über mehrere Tage hinweg beflügelnde Gedanke hatte ihn nun gestern in ein finsteres Verlies geführt, tanzte noch eine Weile leuchtend über die Wände, tanzte leuchtend, und verschwand. Das Verlies untersuchend, fand sich dieser Gedanke als Beschriftung auf verrosteten Dosen; Ungeziefer ward aufgeschreckt, als er eine vergilbte Zeitung mit der entsprechenden Schlagzeile vom Boden hob; er fand sein Bild verblasst in einer Lache brackigen Wassers und fand ihn nicht mehr in den Scherben der zerborstenen Flasche. Wie er nun auf dem kalten Boden sitzend in den Scherben kramte, wurde ihm der Gedanke zur Mehlspeise, zum Kompott, zum saftigen Braten und zur wässrigen Suppe; er vernahm ihn zaghaft in dem Chor der Inhaftierten und befehlend in dem Ruf des Wächters. Darauf erschien er ihm noch als bunter Schmetterling und er suchte ihn mühsam auf Stein gekratzt an den Wärter zu übergeben. Dann aber tanzte er wieder leuchtend über die Wände, tanzte leuchtend und fügte sich ihm endlich doch zum Hammer, mit dem er also die Tür des Verlieses zerschlug.

Privatsender suchten nach skurrilen Figuren und stellten Diese öffentlich in Veranstaltungen vor; so z.B. den vom täglichen Wunder Gezeichneten: Zum ersten Mal spreche er hier öffentlich über seine intimen Kenntnisse diese im Allgemeinen doch unzugängliche Sphäre betreffend. Genauso wie des täglichen Brotes habe er schließlich auch des täglichen Wunders bedurft. Heute scheine es ihm kaum vorstellbar, dass er früher ohne Wunder hatte auskommen müssen. Was mochten es damals für Tage gewesen sein, vom Heiligen unberührt,

des ewigen Lichtes nicht gewärtig, das später so innig vertraut seinem Leben den nötigen Glanz verlieh. Dann beschrieb er unbeeindruckt von der wachsenden Verwunderung unter den Zuhörern gestenreich die einzelnen Phasen dieser magischen Beziehung. Die Begeisterung über die Wunder der Anfangszeit erzeugte noch eine Spannung die seinen Kopf zu sprengen drohte und ihn regelmäßig in Demut gebeugt zu Boden warf. Für alles andere wenig empfänglich lebte er nur der Erinnerung und Bewahrung des ehemals Unvorstellbaren, das für ihn in seltener Gnade vorstellbar geworden war. In der mittleren Periode gelang es ihm die Zeiten des Niedergeworfenseins zu verkürzen. Das Geschehene erhellte zwar wie gewöhnlich die jeweiligen Tage, bestimmte Sie aber nicht mehr gänzlich. Mutig nutzte er die Freiräume, die sich anboten, verschaffte sich mancherlei Ausgleich und wagte wieder den Kopf zu heben, wenn er über Straßen und Plätze ging. Strahlten die ersten jener Ereignisse noch über Wochen hinaus, schwächte sich die Wirkung im Laufe der Zeit doch dergestalt ab, dass er bald häufiger und schließlich eben jeden Tag des Unsagbaren bedurfte. Von Anfang an, und das setzte sich bis in die Spätzeit fort, hatte er schwer an diesem unausdenkbaren Vorrecht getragen. Trotzdem setzte sich zum Ende hin eine distanzierte Haltung durch. So sprach er etwa bei sich leise lächelnd von der wunderlichen Stunde, die ihm auch heute wieder bevorstehe und bezeichnete sich insgeheim als den Würdiger des Wunders. Tatsächlich wurde ihm das Ganze zur Gewohnheit, wie er im Nachhinein erkennen musste, zu einem Ritual, das er nur mehr dankbar begrüßte und auch sicher weiterhin dankbar begrüßt hätte, wenn nicht jene Veränderung, über die noch zu berichten sei, ihn verstörend eingetreten wäre. Der gewöhnliche Ablauf habe folgendermaßen ausgesehen: Zu unterschiedlicher Stunde, aber regelmäßig nach dem Morgenkaffee, ertönte jene Stimme und erging die jeweilige Anweisung. Er nannte einige Beispiele: Schaue Du um 14 Uhr aus dem Wohnzimmerfenster in östliche Richtung und Du wirst am strahlend blauen Himmel drei kleine, rötlich gefärbte Wolken erblicken, die dann zu einer verschmelzend im Lichte vergehen. Oder: Überquere Du um 12 Uhr jene dicht befahrene Straße weitab der Ampel und ohne einen Blick nach rechts oder links und es wird Dir kein Schaden zugefügt; Straße und die entsprechende Stelle, an der überquert werden sollte, waren genau bezeichnet. Oder: Öffne Du die Tür um 13 Uhr 40 und es wird eine Geldsumme für Dich bereitliegen. Bescheiden nickend nahm er die jeweilige Anweisung entgegen, jedes Mal aufs Neue verwundert über den nie versiegenden Reichtum der Erfindung, manchmal auch schmunzelnd über das Drollige der Befehle oder die etwas verschrobene Art ihrer Formulierung. Auch hier nannte er zwei Beispiele: Gehe Du um 11 Uhr dreimal rückwärts um den Küchentisch ohne Dich umzublicken, öffne den Kühlschrank und es wird an der Haustür klingeln. Oder: Buchstabiere Du um 16 Uhr Deinen Namen mit geschlossenen Augen rückwärts und du siehst die Augen öffnend vor Dir auf dem Tisch ein Getränk Deiner Wahl. Eines Tages aber trat eine Veränderung ein und die bisherige Ordnung der Dinge wurde erschüttert.

Zu seiner größten Überraschung, er saß nach dem Morgenkaffee wie üblich, zu der eigentlich verabredeten Zeit und wartete, geschah eben Nichts. Es fehlte das sonderbar leise Klingen in der Luft, das jeweils dem heiligen Ruf vorausging, es fehlte die eigentümliche, nicht zu beschreibende Spannung in der Atmosphäre, die bei dem ersten Laut von Dort in sanften Wellen von ihm abfiel, folgerichtig ertönte die Stimme nicht, es erging keine Anweisung. Geduldig wartete er weiter, lauschte auf die dicht befahrene Straße hinaus, bedachte die Möglichkeit einer Verzögerung, hörte die Haustür laut ins Schloss fallen, trank den kalt gewordenen Kaffee zu Ende und sprang nach kurzer Zeit doch ernstlich besorgt von seinem Stuhle auf.

Ihn fröstelte. Er blickte auf seine Uhr, aus dem Fenster, in den Hof; zog langsam die Vorhänge zu und wieder auf, rüttelte kurz am Tisch, räumte das Geschirr in die Küche, blieb hastig stehen, als eine Gabel zu Boden fiel, und schlug sich mehrfach mit der flachen Hand gegen die Stirn. Das Sofa mit den sorgfältig geordneten Kissen, der offene Karteikasten aus schwarzem Pappkarton auf dem Schrank, die bereitgelegte Karte nebst Bleistift auf dem Tisch; die Vorbereitung war wie immer denkbar gewissenhaft gewesen. So blieb er in ständiger Unruhe noch bis zum Mittag, dann verließ er das Haus. Belebt von der frischen Luft überquerte er eine Straße und schritt vorbei an einem Pulk lärmender Kinder auf eine Grünanlage zu, in der die Arbeiter gerade mit dem Mähen des Rasens beschäftigt waren. Warum diese Veränderung?, so fragte er sich zum wiederholten Male. Er suchte nach einem Hinweis, einer Erklärung, spürte im Geiste dem gestrigen Wunder nach, einem Ereignis der dritten Kategorie, die alle Himmelserscheinungen umfasste, — denn er hatte im Laufe der Zeit Kategorien erstellt um einen gewissen Überblick zu haben; ging in Gedanken die Anweisung noch einmal durch, die jedoch keine Fragen offen ließ, keine Ansatzpunkte bot, und im Übrigen hatte er wie immer den Befehl detailgetreu umgesetzt. Da tat sich plötzlich vor ihm der Boden auf. Er sank schon die Hände hoch in die Luft werfend in schwärzliche Leere hinab, und stand im gleichen Augenblick wieder auf festem Grund, auf dem Weg, den Geruch des frisch gemähten Rasens im weit geöffneten Mund. Ein älterer Herr, der in sehr gerader Haltung an ihm vorüber ging, warf einen kurzen Blick auf ihn, er aber hastete ohne weitere Zwischenfälle in seine Wohnung zurück. Der schwankende Grund sei ein Beispiel für das, was ihm von nun an bevorstand.

Die Ursachen für die entstandenen Probleme blieben nach wie vor im Dunkeln. Die Suche richtete sich nun zunehmend auf den Kontext der atmosphärischen Bedingungen, in Denen eine bisher noch nicht verifizierbare Veränderung vermutet wurde; man stellte sich auf länger andauernde Forschungen ein. Trotz der ungeklärten Lage und der daraus erwachsenden Unsicherheit, die für manche der Betroffenen gesundheitliche Beeinträchtigungen mit sich brachte, war doch etwas wie Aufbruchstimmung deutlich spürbar.

Die ganze Situation hatte etwas Neues, Herausforderndes. In den Radioprogrammen wurden Hörspielen und Gesprächsrunden erheblich mehr Sendeplätze eingeräumt als vor dem großen Missgeschick, die Sonderberichterstattung hingegen eingeschränkt. Auch seriöse Zeitungen setzten vermehrt auf eine bebilderte Erläuterung von Ereignissen, mindestens eine Seite war täglich der Ankündigung von Veranstaltungen zum Alles beherrschenden Thema gewidmet. An die Veranstaltungen mit Leinwänden auf größeren Plätzen, in Schulen, Betrieben, und öffentlichen Einrichtungen, bei Denen neben aktuellen Nachrichten abends auch Spielfilme gezeigt wurden, schloss sich mancherorts ein vielfältiges, gastronomisches Angebot an. Sie wurden zu einem beliebten Treffpunkt, wobei sich die verschiedenen Alters-, Berufsgruppen und Nationalitäten jeweils auf verschiedene Orte konzentrierten. Zu den Tages- und Wochenschauen in den Kinos gingen ganze Familien gemeinsam. Fast jeder Haushalt besaß nun zumindest leihweise einen Videorecorder, schon während der zweiten Woche nach dem großen Missgeschick waren Vertreter mit dem entsprechenden Auftrag von Tür zu Tür gegangen. Neben den Gesprächsrunden im Radio und Internet gab es Solche auch im Rahmen der von öffentlichen Trägern oder privaten Sponsoren finanzierten Veranstaltungen zum Thema; häufiger sah man nun die Mitarbeiter der Sender persönlich, die man früher nur von Ferne her kannte. Reportagen aus Umwelt und Gesellschaft fanden hier ebenso ihren Platz, wie kostenlose Übertragungen wichtiger Sportereignisse.

Die Versorgung durch das ausgiebig benutzte Internet war in Folge der Überlastung Mitte der dritten Woche in einigen Gebieten für ungefähr eine Stunde gestört. Theateraufführungen, Konzerte und Sportveranstaltungen waren gerade am Wochenende gut besucht, Handel und Gastronomie freuten sich über steigende Umsätze. Trotz knapper öffentlicher Kassen und den nötig gewordenen Sonderausgaben für die verschiedenen Untersuchungen, für die Informationsübermittlung sowie für die angebotenen ärztlichen Untersuchungen erlebten die Wissenschaften im Allgemeinen den Beginn einer neuen Blüte, stieg ganz allgemein das Interesse an

technischen Fragen und Zusammenhän-
gen, fühlte man sich mehrheitlich mit den
bisher erfolglos nach den Ursachen für die
entstandenen Probleme Suchenden sympathisch verbunden. Neue Kinos waren im
Bau befindlich. Die Verantwortlichen bei
den verschiedenen Sendern betonten öffentlich ihre Zuversicht, dass die entstandenen Probleme bald gelöst seien. Schon
seit Beginn der Ereignisse wurden von
verschiedenen Meinungsforschungsinstitu-
ten fast täglich repräsentative Umfragen
durch geführt. Man fragte nach dem Urteil
der Betroffenen über die entstandenen
Probleme; fragte auch, welcher Partei die
größte Kompetenz hinsichtlich der noch
ausstehenden Lösung zugemessen werde,
ob sich Bild und Ansehen der Politiker im
Allgemeinen verändert habe. Welche Folgen hatten die entstandenen Probleme auf
den persönlichen Alltag, das Konsumver-
halten, die Benutzung öffentlicher Verkehrsmittel; wie war man zufrieden mit
den angebotenen Veranstaltungen, den
medizinischen Untersuchungen der Gesundheitsämter; fühlte man sich ausreichend informiert, war die Vermittlung der
Information transparent genug; welche
Vor- und Nachteile hatten sich für den

persönlichen Alltag ergeben, und Anderes mehr. Ein zentrales Thema in der privaten und öffentlichen Diskussion war die Beurteilung der politischen Parteien und Interessengruppen. Im Allgemeinen sah man die bekannten Gesichter weniger oft als vor dem großen Missgeschick. Tenor der Meinungen war, dass Dies nicht als Verlust anzusehen sei. Mit dem vorübergehend gewonnenem Abstand traten die Mechanismen der öffentlichen Selbstdarstellung, der Vermittlung von Inhalten und der veröffentlichten Meinungsbildung, rückblickend noch stärker hervor. Diese Mechanismen griffen angesichts der veränderten Umstände nur noch begrenzt. So z.B. die Variante der Gegenmeinung als bedingten Reflex, das zwanghafte Widersprechen ohne inhaltliche Notwendigkeit. In der ersten Woche nach den entstandenen Problemen traten die Politiker der verschiedenen Parteien noch gemeinsam auf, verfassten gemeinsame Erklärungen, und in den Krisenstäben waren alle größeren Parteien vertreten.

Mit einem Auftritt waren nicht mehr so viele Betroffene erreichbar, Niemand hatte einen Überblick über das, was welcher Politiker bei welcher Veranstaltung gesagt hatte. Die veränderten Umstände betrafen Alle, ohne Ansehen der Partei. Als man sich dann aber Mitte der zweiten Woche zunehmend auf die veränderten Umstände einstellte, traten die scheinbar gegensätzlichen Meinungen wieder offen zu Tage. Die Regierung habe das innovative Potential und somit die technologische Entwicklung nicht ausreichend gefördert, so ein Vorwurf, wodurch sich nun die Aufklärung der entstandenen Probleme verzögere. Ein haltloser Vorwurf, wie alle Beteiligten wussten. Man bezweifelte öffentlich gegenseitig, dass die nötige Kompetenz in ausreichendem Maße vorhanden sei, und tauschte sich anschließend im privaten Gespräch über den Ernst der Lage aus. Wurde von Seiten der Regierung erstmals ein Fremdverschulden ausdrücklich ausgeschlossen, auch um teilweise bedrohlich anschwellenden Stimmungen entgegen zu wirken, die gewisse ausländische Gruppen undeutlich einer Mitschuld verdächtigten, hielt man dagegen, es sei zu früh sich dahingehend festzulegen, man müsse allen Hinweisen nachgehen, die Ängste der Betroffenen ernst nehmen, und dürfe Diese nicht vorschnell pauschal verurteilen. Einzelne Politiker gingen noch weiter, fassten die gewissen Gruppen schärfer ins Auge, und fragten nach dem wahren Sinn und Zweck ihres Aufenthaltes. Wo kamen diese Gruppen eigentlich her? Was hatten Sie früher gemacht? Lag ihre Herkunft nicht auch irgendwie im Dunkeln? Ergaben sich Parallelen zum jetzigen Zustand? Auch eine andere Variante der Politik wurde angesprochen; das so genannte Spiel mit Bande. Es begann mit der Äußerung eines Politikers, der heftig widersprochen wurde, worauf zwei Lager sich bildeten und etwas Zeit verging. Dann kam ein Politiker, der sich beschwichtigend einmischte oder den Sachverhalt grundsätzlich klärte, in jedem Fall aber an Ansehen gewann. So drang man, noch weitere Varianten anführend, in der veröffentlichten Meinung darauf, solche Dinge in Zukunft häufiger anzusprechen.

In einem lutherischen Radiosender schilderte Jemand seine Erfahrungen mit der geistigen Entwicklung eines Menschen: Er begreife die geistige Entwicklung als Annäherung an Gott. So seien Suche und Suchender gerechtfertigt; wer da suche, werde gefunden, begleitet, verfolgt und aufgefangen. Erkenntnisse zu gewinnen sei das Eine, Ihnen standzuhalten sei das Andere.

Religiöse Gewissheit sei nicht nur möglich, sondern gleichzeitig auch unmöglich. Und er berichtete von persönlichen Begegnungen mit der religiösen Gewissheit. Er konnte ihren Anblick nicht ertragen und fiel in einen halb bewusstlosen, traumähnlichen Zustand. Er konnte es in ihrer Nähe nicht aushalten, wendete sich verstockend und fiel erneut in jenen Zustand. Seitdem wahre er einen sicheren Abstand. Komme Sie näher, so weiche er zurück, ohne Sie aus den Augen zu verlieren; entferne Sie sich, so folge er behutsam. So weit das Ideal. Sich aber nun in der Realität bewegend, habe er die Ideale vor dem geistigen Auge und die mangelnde Umsetzbarkeit im Sinn, der eine ständig sprudelnde, nicht zu zähmende Quelle speiste. Manchmal lasse er deshalb Ideale Ideale sein, sehe Sie am Ufer sitzend davon treiben und werfe Ihnen kleine Steinchen nach. Welche Ruhe herrsche, in Abwesenheit des Ideals! Die Ruhe vor dem Sturm, der sich dann allerdings mit Macht ankündige und ihn wieder flussabwärts ziehe.

Privatsender waren auf der Suche nach skurrilen Figuren und stellten Diese öffentlich in Veranstaltungen vor, so z.B. den so genannten Magier: In Worte fassen heiße etwas in Fassung bringen, begrenzen, eingrenzen, verengen. Wo aber eine Grenze, müsse es auch Grenzbereiche geben. Als seinen Wirkungskreis, sein Berufsfeld, sein Einzugsgebiet beschrieb er ohne Zögern die Bereiche diesseits und jenseits der Grenze; das über die Worte Hinausgehende, das den Worten nicht fassbar Entgleitende, die Sphäre zwischen Cis und Des.

Er sähe kraft seines Amtes, mit und in dem Worte beginnend auf zerbrechende Brücken hin lockende Spuren, von Denen aus sich für den Betreffenden der jenseitige Bereich erhelle. Um den berechtigten Fragen nach näherer Beschreibung zuvorzukommen, sagte er, und hob beschwichtigend die Hände; Erlebnisse dieser Art seien nur streng subjektiv verständlich, die für jeden Einzelnen gültige Erscheinungsform aufzuzählen sei schon aus zeitlichen Gründen unmöglich, und was dem Einen die seltene Pflanze, sei dem Anderen ein dorniges Gestrüpp. Zudem, er warf mit leichter Bewegung den bläulich zerknitterten und etwas eingestaubten Mantel zurück; die Ahnung, aus dem Geheimnisse huschend, mit Zauber entschleiert, zum Hinweis verwoben; das Wähnen, – sich müßig und schädlich verzehrend; Ahnung und Wahnung entsprießten gemeinsam demselben Grund, sagte er mit einem Ausdruck des Bedauerns. Das Wahrzunehmende sei wesenhaft flüchtig, entziehe sich nach Art des Chamäleons; die Möglichkeit zur Wahrnehmung verblühe im Nu. Er hatte zuletzt mit gesenkter Stimme, doch sehr eindringlich gesprochen, und versicherte nun lächelnd, in die bei einigen Zuhörern sichtbare Enttäuschung hinein: Schon das kaum wahrgenommene Aufleuchten jener Spuren sei kostbar. Und wenn auch im weiteren Verlauf wieder Dunkelheit herrsche und das Erlebte in Wolken entschwinde, — er machte eine entsprechende Handbewegung, geschehe es notwendig, weil sich an diesem Punkt für den Betreffenden die Not wenden könne; im Übrigen mache er nur das Angebot, nutzen müssten es Andere.

Auf die Frage aus dem Publikum, warum der Eine es nutze oder nutzen könne, der Andere hingegen nicht, erwiderte er: Für so umfangreiche Ausführungen fehle ihm heute schlicht die Zeit, er habe noch weitere Termine, sei aber gerne bereit, zu einem späteren Zeitpunkt nähere Auskünfte zu geben. Dann geriet er plötzlich ins

Schwärmen und pries sein Metier, die Spuren, die Pfade, als luftige Brücken, die in den heiligen Schatten deuten, als in der Ferne verborgen, zu tröstendem Rufe erleuchtend; als seltene, in eisiger Höhe zu pflückende Pflanze, dessen zaubrische Blüte den Rückweg betöre. Wer jener Sphäre gewahr werde, dem öffnen sich die Türen im Wind, dem recken sich Hände aus tiefstem Grunde, sagte er, und fügte hinzu, dass er auch Über- und Untergänge initiiere. Wieder warf er mit leichter Bewegung den bläulich zerknitterten und etwas eingestaubten Mantel zurück. So bringe er aus dem Konzept, lasse aus der Bahn geraten, vom Wege abkommen; die Entwicklung sei dann nach verschiedenen Seiten hin offen. Unter den Anwesenden wurde Unmut laut; doch wies er, auf die entrüstet hervor gestoßene Frage, ob er nicht durch sein Verhalten viele der Betroffenen ins Unglück stürze, jede Verantwortung für Entwicklungen dieser Art weit von sich.Er beschränke sich auf das Initiieren, und führe im Übrigen nur Aufträge aus; sei nicht gewohnt, habe nicht die Möglichkeit, nicht das Recht, und sehe auch keine Veranlassung, Diese zu hinterfragen. Den Auftraggeber betreffend bat er um Ver-

116

ständnis; schon er persönlich sei Niemandem Rechenschaft schuldig, und lege doch Rechenschaft ab; und was die Über- und Untergänge angehe, so sei dieses Gebiet jenem der Ahnungen, Wahnungen vergleichbar; — fließende Grenzen, Alles ineinander verwoben, und was dem Einen der Untergang, sei dem Anderen ein Übergang. Für tiefer gehende Erläuterungen, etwa zur Auftragswahl, oder warum sich die Betroffenen bei ähnlicher Ausgangslage unterschiedlich entwickelten, fehle ihm heute schlicht die Zeit, es würde den Rahmen der Veranstaltung sprengen; er habe noch weitere Termine, sei aber zu einem späteren Zeitpunkt zu detaillierter Auskunft gerne bereit, wäre dann auch besser vorbereitet. Weshalb nun überhaupt das Ganze, fragte er geläufig in den Saal hinein, und lächelte dabei freundlich einigen Kindern zu, die sich langweilten, auf ihren Stühlen rutschten und ihn nun zum ersten Male ansahen. Er habe ein berufliches Interesse. Sein Wirkungskreis seien ja jene beschriebenen Grenzgebiete, sein Metier das Legen von Spuren; das Initiieren von Über- und Untergängen diene der Vorbereitung. Dann verabschiedete er sich mit leichter Verbeugung und warf noch einmal

mit leichter Bewegung den bläulich zerknitterten Mantel zurück.

In einer Gesprächsrunde auf einer Veranstaltung sprach man über Ahnungen, das
große Missgeschick betreffend; ein Betroffener schilderte seine sehr persönlichen Erfahrungen: Auch er hatte Ahnungen gehabt und sprach nun im Folgenden
offen über seine Erfahrungen. Es seien
Dies Ahnungen gewesen, an Denen er
schwer getragen, die lange seine Zeit erfüllten, die er in stiller Stunde dem Schicksal ab gelauscht. Diese Ahnungen fußten
auf Hinweisen, durch die sich das Wesentliche im Schatten eines dunklen Spiegels
angedeutet, gaben Anlass zu komplizier-
ten Berechnungen und führten ihn auf ein
konkretes Datum hin. An dem Morgen des
betreffenden Tages verteilte eine ihm bisher unbekannte Briefträgerin die Post und
hielt etwas ratlos vor den Briefkästen stehend einen Brief in der Rechten Hand, auf
dem er, gerade aus dem Fahrstuhl kom-
mend, wie magisch angezogen seinen feh-
lerhaft geschriebenen Namen erkannte. Er
hatte die Szene noch genau in Erinnerung.
Sie stand da, auf liebenswürdige Art verwundert, fragend mit einer anmutigen Bewegung des Kopfes, und schaute ihn an.

Sein Name, der fragende Ausdruck ihres Gesichtes, die Ahnungen.

Unter Aufbietung einigen Mutes, und nur gut, das er vorbereitet war, gab er ihr den Hinweis; dieser Brief sei für ihn bestimmt, die Mühe der Suche könne Sie sparen. So bekam er den Brief und ein freundliches Lächeln dazu, und sagte noch, dass Dies doch ein komischer Zufall sei, worauf Sie, wie es ihm damals schien, mit Einsicht die Lider senkte, und stumm stand, wie nach sinnend über die Fügung des Schicksals. Ihn aber hatte es, im Tiefsten erschüttert, halb zu Ihr und in ihre Arme getrieben, halb auch zur Türe hinaus. Offenbar war Dies nach langen Wochen des Wartens, des Hoffens, der Vorbereitung, – die Erlö-sung. Das Glück kam und die Sonne ging auf in Gestalt einer neuen Briefträgerin. Die Ahnung, das Rätsel, die heilige Spur; in seinem Kopfe, da kreuzten sich Blitze, zerstieben die Worte, und war ihm nur der ebenso grußlose wie taumelnde Abgang geblieben. Es folgten einige hundert Me-ter, er wusste es noch wie heute, die sich förmlich im Glück verloren. Er würde Sie morgen wieder sehen und Ihr behutsam von seinen Ahnungen berichten, mit Vor-sicht das kaum Fassbare andeutend. Vielleicht hatte auch Sie Ahnungen gehabt, die diesen Tag betrafen, und ihr Stern ginge auf über seinem Weg und sein Stern ginge auf über dem Ihren; so fügte endlich sich aus wolkenhafter Ahnung ein festes Bild. Dankbar hatte er daraufhin den Brief, der diese Begegnung erst ermöglicht, in die Höhe gehalten, las flüchtig über den Namen des Absenders hin, wich entschuldigend einem Radfahrer aus, wunderte sich noch darüber, dass er plötzlich stehen blieb, wunderte sich, las erneut und erblasste. Eine Botschaft nach so langer Zeit, und dann noch ausgerechnet an diesem Tag; wie mechanisch war er weiter gegangen, wohl misstrauisch beäugt von vorüber eilenden Passanten. Völlig unerwartet kam dieser Brief von einer Frau, mit der er vor Jahresfrist zusammen gearbeitet hatte. Einige Tage nach dem freundlichen Abschied suchte er Sie brieflich zu erreichen; Sie aber war bis heute jede Antwort schuldig geblieben. Das Leuchten ihrer Augen bei jenem Abschied schien ihm traurig umschattet in die Erinnerung hinein und trieb ihn damals zu ungewöhnlichem Verhalten, zur Formulierung jenes Briefes. Auch wenn es nicht direkt zum Thema gehörte, schilderte er doch anschaulich seine damalige Verfassung. Tag für Tag glühte er ihrer Botschaft entgegen. Einige Wochen bewahrte er ihr Leuchten, umzäunte es an sicherem Ort, abgeschirmt und weich gebettet, vermied jede Störung, und verweilte hingegen in Andacht, so oft er konnte. Aus welchen Gründen nun auch immer, — vielleicht war die Adresse, die er nur auf Umwegen bekommen, nicht die Richtige, Dieses nie gewesen, oder der Brief hatte mit korrekter Adresse sein Ziel nicht erreicht, jedenfalls blieb die ersehnte Antwort aus; das tägliche Öffnen des Briefkastens war nur mehr eine tägliche Enttäuschung. So ging das einige Zeit, und da es nicht ewig so gehen konnte, verblasste ihr Bild und schwand in Wehmut. Bezog sich also alle Kalkulation nicht auf die Briefträgerin, sondern vielmehr auf jene Frau? So fragte er sich also und wurde von dieser Frage förmlich eine Treppe hinunter gespült, die er eigentlich nicht hatte hinunter gehen wollen, durchquerte hastig den Bahnhof, in den gerade Züge aus beiden Richtungen einfuhren, und wurde von einer Rolltreppe auf der gegenüberliegenden Seite wieder hinauf befördert. So auf der Rolltreppe zu stehen schien ihm nebenbei bemerkt bis Heute ein beneidenswerter Zustand; ohne eigenes Zutun, unbeirrbar, dem Ziele entgegen. Den Bahnhof verlassend hatte er eine dicht befahrene Straße überquert als richte sich der Verkehr nach ihm, und war, ohne auf das Kopfschütteln der Leute zu achten, bedächtig auf eine angrenzende Grünanlage zu geschritten. Etwas fremd in der plötzlichen Abgeschiedenheit, er wusste es noch, als sei es gestern gewesen, saß er dann auf einer von blühenden Sträuchern umgebenen Bank und blickte erschöpft den mit gelblichen Blüten übersäten Weg zurück. Hell klang das Lachen lärmender Kinder zu ihm herüber, einige Spatzen hüpften den Weg entlang. Hinter ihm summte es leise im Gebüsch, leicht strich der Wind über die duftende Wiese. Der ominöse Brief hatte inzwischen in der feuchten Hand unter dem Druck der Umstände etwas gelitten. Dieser Brief; Bote des Glücks und gewendet ein Verhängnis. Seine Überlegungen auf jener Bank waren wohl die Folgenden gewesen, er entschuldigte sich vorab für das Verworrene, Unvollständige. Enthielt der Brief eine positive Botschaft? Eine positive Botschaft nach so langer Zeit schien eher unwahrscheinlich; warum hätte Sie bis jetzt mit einer solchen Nachricht zögern sollen? Enthielt er eine freundliche Absage, der ein schlechtes Gewissen zu Grunde lag? In diesem Fall aber wäre jede Aufregung überflüssig, jenes Kapitel wäre endgültig abgeschlossen, ein Neues könnte beginnen. Der Brief bekäme so noch einen tieferen Sinn, die Schicksale ordneten sich, das Eine als Bedingung für das Andere. Mächtig durch fuhr ihn dieser Gedanke, doch war nicht ein schlechtes Gewissen nach so langer Zeit eher unwahrscheinlich? Und wenn Sie den Brief erst verspätet bekommen hatte? So dachte er noch eine Weile hin und her, bevor er sich endlich dazu entschloss, den Brief zu lesen. Sie hatte wohl den gleichen Weg wie er, an den lärmenden Kindern vorbei, quer über die blühende Wiese genommen. Das halblange, rötlich blonde Haar sorglos im Nacken zusammen gesteckt, fielen Ihr seitlich einige Strähnen in die Stirn. Er hatte das Bild noch genau vor Augen. Der dunkle Stoff ihres Kleides schimmerte leicht in der Sonne, und bot einen hübschen Kontrast zu der hell grünen Wiese, aus der Sie, so musste es ihm vorkommen, förmlich empor gestiegen war. Sie stand da, wortlos, mit ernster Miene, und schaute ihn an. Er begriff nicht sofort, konnte nicht sofort begreifen, wollte etwas sagen, etwas erwidern, hob den Kopf und erkannte in Ihr eben jene Frau, mit der er vor Jahresfrist zusammen gearbeitet hatte, und deren Brief er in den Händen hielt. Dann saß Sie plötzlich neben ihm auf dem Rande der Bank, lächelte kurz über seine offenkundige Verwirrung und begann mit ihren Ausführungen, denn eben Solche wurden es. Mit angenehm tiefer Stimme sprach Sie von Dingen, die nach ihrer Einschätzung nicht leicht zu erklären, nicht leicht mitzuteilen seien. Von weitem hätte Sie ihn beobachtet und dabei eine unbestimmte Ahnung gehabt. Schon seit einiger Zeit sei diese Bank geradezu ihr Lieblingsplatz; so oft wie möglich komme Sie am Vormittag und sitze hier für eine Stunde oder Zwei. Eines Tages sei Ihr der Gedanke gekommen, dass, wenn sie ihr Weg zu dieser Bank geführt habe, Dieses Anderen auch geschehen könnte. So träfen sich also verschiedene Wege, Lebenswege an diesem Punkte; und seitdem also warte Sie, auch wenn das etwas seltsam klinge, auf Jemanden, der um diese Zeit auf dieser Bank sitze, so wie Sie es immer tue. Sie erscheine ihm hoffentlich nicht aufdringlich?, fragte

Sie entschuldigend, was er stumm und seltsam freundlich verneinte; er hatte auf Sie wohl überhaupt einen still nachdenklichen Eindruck gemacht, der Sie in ihren Ahnungen zu bestätigen schien. Beflügelt von den eigenen Gedanken, die Ihr auch ausgesprochen nicht befremdlich wirkten, machte Sie den Vorschlag, gemeinsam in ein Café zu gehen. Er hingegen hatte Sie schweigend mit unnatürlich weiten Augen angesehen, und wie gebannt da gesessen, als würde Sie, wich er nur leise von Ihr ab, zur flüchtigen Erscheinung. Der Duft ihres rötlich blonden Haares, das dunkle Kleid, die blühende Wiese; — das Alles verschmolz in ihm zu einer Antwort. Sie trat auf den Weg und bückte sich nach einigen der gelblichen Blüten; in diesem Augenblick erkannte er, dass Sie es nicht war. Er lachte laut, doch war es kein fröhliches Lachen. Er versuchte noch etwas zu sagen, in der Richtung, wie Sie denn heiße?, dass auch er Ahnungen gehabt habe, doch kam er nicht weiter, denn das Reden rückte, das Reden rückte von ihm ab; anders könne er seine ernsthaft beginnende Verwirrung nicht beschreiben. An dem bisher ungetrübten Himmel tauchten plötzlich kleine Wolken auf, es schien ihm nun, als

125

hätte schon seit langem ein Gewitter ge-
droht, sich aber in der schwülen Luft drückend dennoch nicht entladen. Er ging an
der Frau vorbei auf die Wiese hinaus, und
begann zu laufen, um dem Druck zu ent-
fliehen, der auf ihm lastete. Rechts und
links vernahm er Stimmen, die seiner eigenen ähnelten, und die sich über seinen
Kopf hinweg etwas zu riefen. Er wusste,
dass er so gebückt und in diesem Tempo
nicht weiterlaufen konnte, doch war ihm
dieses Wissen nicht mehr verfügbar, nicht
mehr anwendbar; es schien selbstständig
oder auf dem Wege dahin. Also lief er und
sah sich laufen und stieß förmlich davon
segelnd in eine schwarze Nebelwand, die
sich über und hinter ihm schloss.

Der Fahrstuhl hielt im dritten Stock. Die
Türen schoben sich mechanisch und leise
summend nach beiden Seiten auseinander.
Das Bett, dessen metallisch blinkende Räder am vorderen Ende in Fahrtrichtung
festgestellt waren, während die Räder am
hinteren Ende, unmittelbar vor der mit
dem Transport beauftragten Schwester
beweglich blieben, um eine Steuerung
auch um Ecken herum problemlos zu er-

möglichen, das Bett, sein Bett also glitt sanft über glänzend gebohnerten Grund.

Diesem Redner wesensverwandt war ein Teilnehmer, der die Frage stellte, ob das Glück nicht zu berechnen sei. Die Mutter 40, die Tochter 17, und der Verehrer 33. Und also saß er, mit dem Verhältnis dreier Zahlen zueinander beschäftigt, bei dem Scheine einer Kerze in seiner abgedunkelten Wohnung am Schreibtisch. 40, 17, 33; der Boden mit Papier übersät; so saß er und rechnete, für jede Zahl und jedes Zeichen jeweils ein Blatt Papier benutzend, wobei er nebenbei auf rot eingefärbten Blättern die entsprechenden Notizen machte.40 plus 17 plus 33 = 90; und er notierte nach kurzer Überlegung, — Alle Neune, und das 10 mal; so stand die neun für Alle Neune, die Null hingegen bildhaft für das O in Omen, das Numinose, Rätselhafte, womit er seine Lage gut bezeichnet fand. Wohin nun also, so fragte er sich, und sprach es auch leise vor sich hin; zur 40, oder zur 17? Er versuchte es mit 33 plus 17 = 50; hielt kurz inne, — und meinte doch, es seien ungefähr fünfzig Tage bis hin zu ihrem Geburtstag; so dachte er, die Zahlen förmlich fixierend, besann sich aber dann wieder; — denn welche Aussagekraft hatte ein Ungefähr in Angelegenheiten dieser Dimension, von dieser Tragweite? Wie stand es mit 40 minus 33 = 7? Sieben, er sprach die Zahl vor sich hin; — sieben Tage hatte eine Woche, der ewige Rhythmus, gottgegeben, gottgewollt „— galt nicht für den Bund, der sich anbahnte, das Gleiche?", so fragte er, nicht ohne Schaudern, zwang sich aber dennoch zur Gegenprobe: 40 plus 33 = 73; 73 schrieb er, -drehte die Blätter ein wenig hin und her, schob die 3 über die 7, und die 7 über die 3; kam hier zunächst nicht weiter, stockte, setzte noch einmal an, und legte diese Blätter, diesen Vorgang erst einmal zur Seite. Nach einer kurzen Pause, einer kurzen Auflockerung, die ihm zu Recht notwendig schien, schrieb er, dabei sehr flüssig und ohne Bedenken; schrieb er also, und nickte leise vor sich hin: 40 minus 17 = 23; 23; 2 und 3, er schob die Blätter auseinander; war das nicht, mit etwas Phantasie, der hintere Teil des sprichwörtlichen 1, 2, 3; einer Redewendung, die tief im Volkstum verwurzelt, mithin archaischen Ursprungs; so stand, — er rückte die Kerze ein wenig näher heran, die 2 in der Rechnung für die 17, die 3 für die 23, er zwang sich zur

Konzentration, so fehlte die 1, und also die 40; stand also Sie an erster Stelle, führte, wies Alles auf die 40 hin. Das bestätigte in gewisser Weise die Ergebnisse von 40 minus 33 = 7; es konnte nicht schaden, eine Ahnung von verschiedenen Seiten aus zu bestätigen. Routiniert ging er zur Gegenprobe über: 40 plus 17 = 57; 57; − er machte eine lässige Handbewegung; 57, 57, wiederholte er mehrfach, 57; verwirrte sich, und ging spontan, einer Eingebung folgend, indem er sämtliche Blätter vom Tische wischte, zu 33 minus 17 = 16 über. 16 also, 16 endlich; − die 6 und die 10, er drang nun tiefer in den Vorgang, in das Mysterium ein; 6 Tage und 10 Stunden, so dachte er mehr spielerisch; nun an den Umgang mit dem Rätselhaften gewohnt, dem Verweilen in dieser Sphäre, die er sich mühsam erschlossen hatte. So schweifte nun, zu später Stunde, sein überwacher Blick; 6 Tage und 10 Stunden, dann würde er Sie treffen, wobei das Sie noch unbestimmt, − ihre Telefonnummer, er suchte sich zu erinnern, ihre Hausnummer kannte er nicht; so schweifte sein Blick, und schweifte, und brach der Bleistift. Plötzlich, und ihm selber unerklärlich, schlug er sehr wütend auf die Blätter dieses Vorganges ein, schlug eine ganze Weile, dass Sie sich krümmten und drehten, sich krümmten und drehten, und drehten und krümmten, um endlich, als gebäre das Chaos, seine Mühe lohnend; ja, so schien es ihm, als entsteige dem hier in das Mysterium Vertieften des papiernen Chaos hoher Sinn, in Form der 91; es war die 91, ohne Frage, er schaute mehrmals hin, zwang sich erneut, die Rettung nah vor Augen, nahm wieder Haltung an. So schrieb er, wie gewohnt, für jede Zahl und jedes Zeichen jeweils ein Blatt Papier benutzend; die 9, die 1, die Nummer 1 sei die 9, beschloss er kurz, die Blätter vertauschend, jetzt sehr entschlossen, der Ahnung und des Ahnens nun allmählich müde; und entdeckte an sich plötzlich ein poetisches Talent; indem er dachte, und es auch halblaut vor sich hin sprach: die 9 nun aber, als 3 mal 3 der 33 nah verwandt; — fand gleichzeitig aber hier nun eine gewisse Grenze überschritten, blies, wie ihm schien, mit letzter Kraft die Kerze aus, — und tat gut daran.

Am dritten Wochenende verzeichneten Polizei und Rettungsdienste mehr Einsätze als üblich. Aggressivität war auch das Thema in einem freien Radiosender, etwas bildhaft versuchte man sich dem Komplex zu nähern. Ein Betroffener berichtete von einer zur krankhaften Gewohnheit verinnerlichten Form der Reaktion, die lange Zeit einer Reflektion unzugänglich, als bedingter Reflex jederzeit zur Anwendung bereit, seit unbestimmter Zeit das Ganze beherrschte. Ein dümmlicher Mechanismus, verantwortlich ohne sich verantworten zu müssen, für seine Haltung den Dingen gegenüber, für die Dinge selbst und deren Verlauf. In jeder Schule, in jedem Betrieb längst geächtet, der Einrichtung verwiesen oder medizinischer Versorgung zugeführt, blieb die Frage wie es möglich war, dass Sie in diesem Fall weiter unbehelligt blieb, ihr Unwesen trieb und das mehrfach schändliche Werk fortsetzte. Sie selektierte das nur Ihr Entsprechende, Sie förderte, ein übles Sponsoring betreibend, mit Nachdruck die Entstehung des nur Ihr Genehmen, Sie war es, die dauerhaft zu Unterschlagung angestiftet und Andere nicht duldend ausschloss. Zur Herrschaft gelangt versäumte Sie nicht Diese auszubauen und zu festigen. Sie schuf Barrieren, zog Gräben. Sie beschwerte als fettes Gespenst im Nacken sitzend den Schritt und wies dem Geknechteten die Richtung; dabei parasitär, sich selber fütternd, immer neuen Angriffen entgegen; im Sinne einer Doppelstrategie zur eigenen Rechtfertigung und Verschleierung der wahren Ziele. Im Grunde doch ein abscheuliches Schauspiel, und wer auch immer Sie beauftragt hatte müsste einsehen, dass sie den Auftraggeber hinter ging. Zur weiteren Erläuterung erzählte er, ohne auf Einzelheiten einzugehen, eine Geschichte, die ihm in diesem Zusammenhang bekannt geworden war. Sie handelte von einer Gruppe Verbannter, die überraschend in eine Siedlung einfielen, angestammte Rechte beanspruchten, sich unerhört breit machten und den gewohnten Gang der Dinge verwirrten. Die Einwohner, unvorbereitet, dem Ganzen nicht gewachsen, beratschlagten sich und beauftragten entsprechende Kräfte mit der Lösung des Problems. Entgegen der Abmachung aber verbündeten sich Diese mit den Verbannten, die Situation der Siedlung verschlechterte sich weiter, ward ernsthaft bedrohlich, so dass die Bewohner schließlich ihrerseits zu Vertriebenen wurden, die in andere Städte einfielen. Die Rückkehr der Verbannten war die Geschichte überschrieben. Dem Autor schien, man könne auch von einem bösen Zauber sprechen, dem eine zweifache Verwandlung zu Grunde lag. Belege für die Möglichkeit und Wirksamkeit dieses Zaubers seien ihm zugespielt worden. Um die Begegnung mit dem, was seit einiger Zeit auf ihn einstürmte zu vermeiden, ließ der Betroffene die Scharen an geeigneter Stelle präparieren und zwang Sie, die mit unverminderter, wenn nicht noch gesteigerter Energie umkehrten, neuen Ufern entgegen. Darin bestand die erste Verwandlung. Und er stand fest dabei, darin bestand die Zweite. So stand er und sah den Scharen nach, die an neuen Ufern einschlagend ihr Bestes gaben; stand nicht ohne Stolz auf die Verwandlungskünste, der Präparator, zweifelhaft begnadet, und sah durch den Erfolg bestärkt der nächsten Schar entgegen.

In der Wochenendbeilage einer Zeitung konnte man die Geschichte vom fensterlosen Raum lesen: Wie angewiesen betrat Sie den fensterlosen Raum durch einen mittelgroßen Schrank, der Nichts sagend und Alles versprechend quer vor jener Türe stand, dann schritt Sie weiter, schob einige Stühle zur Seite und gelangte bis zu einem Vorhang aus grünlichem Stoff. Die-

ser wurde Ihr ebenso wie der nächstfolgende, grünlich schimmernde Vorhang geöffnet, ein Dritter aber, aus bläulichem
Stoff öffnete sich nicht und fiel über Ihr
zusammen. Dergestalt kostbar gewandet
setzte Sie den vorgeschriebenen Weg fort
und ging zügig eine Treppe hinunter, die
spärlich beleuchtet nach einigen Wendungen in einen fensterlosen Raum mündete.
Dann schritt Sie weiter, schob einige Stühle zur Seite und gelangte bis zu einem
Vorhang aus grünlichem Stoff. Dieser wurde Ihr ebenso wie der nächstfolgende,
grünlich schimmernde Vorhang geöffnet,
ein Dritter aber, aus bläulichem Stoff, öffnete sich und fiel über Ihr zusammen. Dergestalt nun doppelt kostbar gewandet
setzte Sie den vorgeschriebenen Weg fort
und ging eine Treppe hinunter, die spärlich beleuchtet nach einigen Wendungen
in einen fensterlosen Raum mündete. Der
Vorgang wiederholte sich, ihr Schritt ward
schwerer. Die Vorhänge fest um sich geschlungen ging Sie über Treppen, durch
Räume, an Stühlen vorbei und in Vorhänge hinein; ging, bis sie schließlich nach
dem Durchschreiten eines zweiten Vorhanges vor dem Dritten zu Boden sank. Da
zerfiel der Stoff und sich aufrichtend sah

Sie für Augenblicke so etwas wie tanzende Buchstaben an der Wand.

Als Beispiel für das Erleben im Schatten des Nicht-Erleuchteten die Geschichte vom Kreis. Eine Betroffene erzählte Sie im Laufe einer Gesprächsrunde. Unter dem Eindruck der nach wie vor ausbleibenden Erleuchtung verließ sie am späten Nachmittag ohne bestimmtes Ziel das Haus und ging am Supermarkt, an Buchhandlung und Blumengeschäft vorbei über eine brachliegende Wiese auf die nächste Querstraße zu. Dann lief Sie eine zeit lang weiter und sah schließlich schon von weitem eine hell erleuchtete Baustelle, daneben die Gebäude einer Schule, mit bunten Plakaten an Türen und Fenstern. Die Baustelle, auf der zwei Arbeiter ein Stahlgerüst mit Planen abdeckten und die jetzt verwaiste Schule, in der es immer noch zu lärmen schien; die Gegend kam ihr irgendwie bekannt vor. Sie meinte, diesen Weg schon einmal gegangen zu sein, allerdings in umgekehrter Richtung, blieb also stehen und sah die Straße hinunter. Zu ihren Füßen lagen herbstlich gefärbte Blätter, die verschmutzten Seiten einer Zeitung vom gestrigen Tag, und einige hässlich zerdrückte Dosen am Rande des Kantsteins über einem Siel, das zu verstopfen drohte. Weiter gehend schaute Sie prüfend in die ihr begegnenden Gesichter; doch auch hier kein Hinweis, kein stummes Einverständnis, Niemand, der ihr aufmunternd zunickte oder Sie etwa mit Bewunderung ansah.

Nun lief Sie an Einzelhäusern mit gepflegten Vorgärten vorbei, sah Schilder, die auf Einbahnstraßen hinwiesen, ging kurz entschlossen durch einen Park, in dessen weitläufigen Anlagen nur wenige Passanten unterwegs waren. und über eine kleine Brücke. Vor den Räumlichkeiten einer Kirchengemeinde stand das Fahrzeug eines Bestattungsinstitutes, eine Laterne flackerte, gelblich schimmernd; Sie sah zwei unbeschädigte Telefonzellen, eine Gruppe von auffällig stillen Kindern, ein altes Ehepaar; er am Stock, und sie den voll gepackten Einkaufswagen ziehend. Die frische Luft tat ihr gut, die Gegend war ihr unbekannt; ein Vogel, der eben einige Schritte ängstlich vor ihr hergehüpft war, flog seitlich in das Gebüsch. Nachdem Sie einen Platz mit kahlen Bäumen halb umrundet hatte, blinkten ihr aus einiger Entfernung die Lichter einer dicht befahrenen Kreuzung entgegen. Die Straße überquerend sah Sie dann hinter einer Häuserecke halb verdeckt und immer noch hell erleuchtet, jene Baustelle.

In einem Preisausschreiben zum Thema Hoffnung angesichts der ausbleibenden Fortschritte in der Untersuchung zeichnete man den Beitrag von dem Erlebnis der aufgegebenen Hoffnung besonders aus. Vor einigen Tagen hatte sie die Hoffnung aufgegeben. Da seit geraumer Zeit jede aufkeimende Hoffnung die zu erwartende Enttäuschung schon mit einschloss, zeigten sich Beide zunehmend ineinander verhakt und kaum mehr zu unterscheiden. Die gewohnheitsmäßige Enttäuschung unterdrückte als still und heimlich verinnerlichte Regel die Ansätze möglicher Ausnahmen, konstruierte Gitterstäbe, versperrte Türen. Wie oft hatte sie die Hoffnung früher gerufen und war Sie im schönsten Gewande erschienen, das Sie zu ihrer Erquickung über sie warf; wie oft war sie ausgezogen, sie ernsthaft zu suchen, und Sie gingen dann einige Schritte gemeinsam, bevor die Hoffnung sie oder sie die Hoffnung verließ, mit der Aussicht auf ein baldiges Wiedersehen. Nun aber war Sie ihr widerwärtig geworden, verscheuchte sie unwillig schon ihren leisesten Widerschein. Das Alles überdenkend, beschloss sie die Hoffnung gesäubert aufzugeben, zu verschicken. Die Hoffnung also, durch den Verzicht auf Enttäuschung ihrer Fesseln beraubt entschwand beflügelt ihren eigenen Gesetzen folgend und mochte wohl eines Tages verwandelt zurückkehren.

6. Das dunkle Feld der Nörgler und Verdächtigen

Auf einer Veranstaltung hielt ein Betroffener folgenden, viel beachteten Vortrag : Er skizzierte kurz und sachlich, soweit Sie ihm als Laien verständlich sei, den aktuellen Stand der Untersuchung, ließ die letzten Wochen Revue passieren, in Denen trotz der denkbar größten Anstrengung der verschiedenen, um Aufklärung bemühten Institute, wesentliche Fortschritte ausgeblieben, kritisierte in diesem Zusammenhang auch sowohl die Sprachgebung der offiziellen Seite als auch Begriffe zweifelhafter, rätselhafter Herkunft, wie etwa den vom Großen Missgeschick, weil Sie seiner Meinung nach verharmlosend und in die Irre führend von den wahren Ursachen für die entstandenen Probleme, den wahrhaft Schuldigen ablenkten. Welches waren nun die wahren Ursachen, wo waren die wahrhaft Schuldigen zu suchen?, so fragte er und fuhr fort: Schon seit längerer Zeit gebe es ernst zunehmende Hinweise, aus Denen sich mehr und mehr ein sicherer Verdacht erhärtet habe; natürlich könne und wolle er zu diesem Zeitpunkt keine konkreten Angaben zu laufenden Ermittlungen machen, betrachte es aber, als leitender Beamter Zuverlässigkeit und pflichtbewusstes Handeln gewohnt, als seine Pflicht, — sei im Übrigen auch entsprechend autorisiert, hier, zum ersten Male öffentlich, den immer gleichen, offiziellen Verlautbarungen grundsätzlich zu widersprechen. Diese Verlautbarungen folgten, ob nun von privater oder staatlicher Seite, den falschen Ansätzen, gingen in die falsche Richtung. Schließlich sei Dieses noch ein freies Land, — noch, wiederholte er, plötzlich sehr ernst, und weiter: Auch wenn es dem rechtschaffenen Bürger kaum fassbar erscheinen möge; nach den Erkenntnissen, die er und seine Behörde gesammelt, sei Ursache für die entstandenen Probleme entgegen aller Desinformation von offizieller Seite eben doch ein gezielter Anschlag, sagte er sehr ruhig und sachlich und hob beschwichtigend die Hände. Man dürfe ihm schon glauben, dass er nicht leichtfertig Dergleichen behaupten würde, die teilweise in Folge der veränderten Umstände herrschende Unsicherheit sei ihm deutlich bewusst, ihm selber ginge es ähnlich. Nichts läge ihm ferner, als etwa die Anwesenden grundlos noch weiter zu beunruhigen, konnte er aber mit ansehen, wie alle Untersuchung und Forschung in die falsche Richtung ging? Wie man wiederholt von offizieller Seite die gut begründeten Hinweise und Warnungen der ihn unterstützenden Behörde ignorierte, missachtete? In klaren Worten, ohne auf die zunehmende Irritation bei der Mehrzahl der Anwesenden zu achten, sprach er nun im Folgenden über ein von langer Hand her vorbereitetes, bis in das letzte Detail durchdachtes Unternehmen, das von den Beteiligten eiskalt, präzise, ohne Skrupel, unter Einsatz militärischer Logistik, mit militärischer Disziplin durchgeführt worden sei, bzw. durchgeführt werde. Hier paare sich, für den rechtschaffenen Bürger kaum fassbar, in ebenso widerwärtiger wie gefährlicher Weise, hohe Intelligenz, technisches Vermögen und moralische Skrupellosigkeit; ein terroristischer Hintergrund, religiöser Fanatismus, grenzenlose Bosheit, — nichts sei in diesem Zusammenhang auszuschließen, sagte er, und trank hastig einige Schlucke Wasser aus dem bereitgestellten Glase. Und die Folgen?, so fragte er mit ausgebreiteten Armen in den Saal hinein; das Ziel des Anschlages, dessen Wesen ein schleichendes, heimtückisches sei? Staat und Gesellschaft würden auf diese Weise zunächst destabilisiert, die bewährte Ordnung langsam untergraben, unterminiert, mit dem Ziel, — er ballte beide Fäuste und stieß, zum ersten Male scheinbar die Beherrschung verlierend, fast lautlos zwischen den Zähnen hervor, so das die Zuhörer die Worte mehr ahnten als verstanden, — mit dem Ziele des Umsturzes, der Machtübernahme. Eine blutige Knechtschaft sei es, was Allen bevorstehe, sagte er, wieder mit normaler Stimme, und hatte seine Selbstbeherrschung ebenso schnell wieder, wie er Sie scheinbar verloren hatte. Er entschuldigte sich bei den Anwesenden für das plötzlich Ungestüme seiner Rede; als leitender Beamter sei er eigentlich gewohnt, auf seine Worte zu achten, doch unter diesen Umständen, unter dem Eindruck des Geschehenen, belastet durch sein Wissen, durch seine Sorge, — er machte eine entschuldigende Handbewegung. Ein Unternehmen sei Dies, so fuhr er fort, ein Unternehmen, ohne Frage, durchgeführt unter Einsatz militärischer Logistik, ausgeführt mit militärischer Disziplin. Er trat einen Schritt zurück, zog einige Papiere aus der äußeren Jackentasche, las kurz darüber hin und sagte, Sie nun im Inneren seines Anzuges verstauend, mit gesenkter Stimme, wie zu sich selbst: Genaueres könne und wolle er zu diesem Zeitpunkt noch nicht sagen; es gelte, den Verlauf der Ermittlungen nicht störend zu beeinflussen; einige der Anwesenden nickten zustimmend. Das aber könne er den hier zu fortgeschrittener Stunde Versammelten versichern, sagte er, sehr entschlossen einige Schritte nach vorne tretend; Man sei Ihnen auf der Spur, man habe es im Blick, das dunkle Feld der Nörgler und Verdächtigen, aus dessen Sumpfe sich Jene rekrutierten, die für die entstandenen Probleme verantwortlich seien, Denen er persönlich schon früher nie getraut habe, Denen man schon früher hätte ganz anders begegnen müssen. Von dieser Wendung waren wohl zu diesem Zeitpunkt alle der Anwesenden, ob Sie nun mit wachsender Irritation oder mit wachsendem Verständnis zuhörten, überrascht; denn nie hatte man bisher etwas gehört von einem dunklen Feld der Nörgler und Verdächtigen. Ohne sich aber im Geringsten über die entstandene Unruhe zu kümmern, es schien, als hätte er Sie gar nicht wahrgenommen, fuhr er fort und sagte: noch sei es nicht zu spät, er appelliere deshalb an die Gemeinschaft, die Gemeinschaft der Werte, die Wertegemeinschaft, in die doch Alle, — er hob beschwörend beide Arme, jenseits religiöser, ethischer oder weltanschaulicher Unterschiede eingebunden gewesen seien; er appelliere an diesen Bund der Werte, zu dessen Verteidigung, bzw. Wiederherstellung jetzt Alle aufgerufen und gefordert seien; — Jeder an seinem Platze, rief er, nach seinem Vermögen, auch unter Leistung persönlicher Opfer, die unvermeidlich, doch durch den Ernst und die Größe der Aufgabe gerechtfertigt würden. Er hatte ruhig und beherrscht, aber eindringlich gesprochen, währenddessen es im Saal mittlerweile sehr still geworden war. Mit sehr gemischten Gefühlen schauten die meisten der Zuhörer auf den Redner, der eben jetzt wieder zum Wasserglase griff und seine Haare ordnete. Man habe doch explizit, und er betonte jede Silbe, eine Verantwortung für die kommende Generation; er, als leitender Beamter habe in seinem Verantwortungsbereich immer besonderen Wert darauf gelegt, die jungen Mitarbeiter zeitig auch in schwierige, diffizile Entscheidungs- und Gestaltungsprozesse mit einzubeziehen; habe immer das Gespräch, den Kontakt gesucht, und wolle sich später nicht den Vorwurf gefallen lassen müssen, dass er, wider besseren Wissens, Nichts getan, keinen Widerstand geleistet habe; Wehret den Anfängen !, rief er unvermittelt, und forderte in klaren Worten Landeskirchen und öffentliche Verbände, wie etwa die Gewerkschaften auf, sich ebenfalls in dieser Richtung zu äußern. Darauf ging er vor, bis an den Rand der Bühne, und sagte nicht laut, aber dafür sehr eindringlich, indem er beide Handflächen eng aneinander presste: Ein Signal müsse von diesem Abend, von dieser Versammlung ausgehen, deshalb stehe er hier; ein Signal, ein Wetterleuchten in finsterer Zeit, ein Fanal zum Aufbruch, zum Schutze der überlieferten Werte; — der Werte, für die Väter und Mütter selbstlos ihr Herzblut gegeben; deshalb also stehe er hier und setzte sich mancherlei Unverständnis und Missverständnis aus, nicht um einer persönlichen Sache, um seines persönlichen Vorteiles willen, sondern wegen dem Ganzen, dem großen Ganzen, der Verantwortung für das Ganze, das große Ganze, das Übergeordnete, das Allgemeingültige, vor dessen allgemeiner Gültigkeit jeder persönliche Ehrgeiz verblassen müsse. Zum ersten Male machte er jetzt einen sehr gelösten Eindruck, begrüßte per Handzeichen einige ihm wohl bekannte Besucher, die im hinteren Teil des Saales saßen, nickte freundlich einem jungen Paare zu, das eben im Begriff war, den Saal zu verlassen; erwähnte kurz seine eigenen Kinder, mit Denen er häufig auch über diese Dinge gesprochen, — und natürlich sei man nicht immer einer Meinung gewesen; erwähnte auch seinen pflegebedürftigen Vater, — im Allgemeinen werde älteren Menschen in der heutigen Zeit, in der so vieles sich verändere, im Umbruch sei, trotz ihrer Lebensleistung nicht der nötige, angemessene Respekt entgegengebracht, sagte er, sehr geläufig, fast in plauderhaftem Tone, und fuhr fort: Auch auf die Gefahr hin, das er sich wiederhole; es müssten doch in dieser bedrohlichen Situation alle Generationen zusammenstehen, wieder näher zusammenfinden, das Gemeinsame statt das Trennende betonen; allen Auflösungserscheinungen zum Trotz, sich der Bedrohung durch das dunkle Feld der Nörgler und Verdächtigen entgegenstellen; umdroht von Feinden sei man schon immer am Stärksten gewesen. Besonders die Jugend,

er wiederhole sich hier gerne, sei angesprochen, die er als Zukunft und Hoffnung
der Nation bezeichnete, deren frischen
Geist er rühmte, und deren Mut er be-
schwor, sagte er, dabei immer noch sehr
ruhig, sehr sachlich, was in sonderbarem
Gegensatz zu seiner Rede stand. Er stehe,
sagte er zum Abschluss, im weiteren Verlauf des Abends gerne zur Verfügung, werde alle Fragen nach Möglichkeit beant-
worten, und an Interessierte Broschüren
verteilen, die tiefer gehende Einzelheiten
zum Komplexe enthielten. So weit sein
Auftritt, der für einiges Aufsehen sorgte.

Am späten Sonntagabend der dritten Woche funktionierten für einige Stunden die
Videorecorder nicht mehr.

Schon im Laufe des Nachmittags waren
vermehrt Fehlfunktionen zu beklagen; so
stand etwa das Bild für kurze Zeit, war der
Ton vorübergehend gestört oder liefen
bunte Streifen quer über den Bildschirm.
Später fiel der Ton dann gänzlich aus. Die
Abfolge des Geschehens verlangsamte
sich, bis zur Überraschung aller Betroffenen nur mehr ein tonloses Standbild übrig
blieb. Ein Kurzschluss in der Stromversor-
gung schied als Ursache für die Störung
aus. Auch an den preisgünstig in großer

Zahl erworbenen Videokassetten, auf denen Spielfilme durch kurze Werbeeinblendungen ergänzt wurden, konnte es nicht liegen. Fast jeder Haushalt verfügte über genügend Kassetten herkömmlicher Art, bei Denen die Probleme in gleicher Weise auftraten. Wer aus dem Fenster zu den gegenüberliegenden Häusern hinüber blickte stellte einen Wechsel in der Beleuchtung fest; es fehlte das bläuliche Schimmern und bunte Flackern der Apparate. Die Hausmeister blieben ebenso ratlos wie die anschließend beauftragten Fachleute. Nur wenige der Betroffenen drangen telefonisch zu den Serviceangeboten der Sender durch. Im Internet waren zu Beginn der Störung noch keine Informationen verfügbar. In der auf allen Radioprogrammen umgehend einsetzenden Sonderberichterstattung wies man zunächst darauf hin, dass sämtliche Haushalte in gleicher Weise von der Störung betroffen seien. Führende Mitglieder der Krisenstäbe forderten alle Bürger mit Nachdruck auf, die Fenster zu schließen und Häuser und Wohnungen vorerst nicht zu verlassen. Jeder solle seine Nachbarn, Freunde und Bekannte über diese Anordnung informieren. Es handele sich um eine Vorsichtsmaßnah-

148

me, Besonnenheit und Ruhe wurden angemahnt, weitere Informationen sollten in
Kürze folgen. Diese Anweisungen wurden
im Laufe der nächsten Stunde von verschiedenen Seiten wiederholt, nähere Angaben über Ursachen und Hintergründe
der neuen Störung machte man nicht, Informationen waren jetzt auch im Internet
aufrufbar. Fahrzeuge der Polizei und der
Feuerwehr fuhren langsam und die Anweisung per Megaphon wiederholend durch
die Straßen. In Spätabends noch belebten
Gegenden kam es zu kleineren Tumulten,
nicht jeder der Betroffenen ließ sich von
dem Ernst der Lage so einfach überzeugen. Kurz vor Mitternacht waren die Straßen dann mehrheitlich menschenleer,
zeigten sich außerhalb der Hauptverkehrs-
wege nur noch wenige Autos. Weiterhin
bewegten sich die Fahrzeuge von Polizei
und Feuerwehren langsam durch die Straßen, wobei rote und blaue Warnleuchten
ihre Schatten weit über die Häuserwände
warfen und megaphonverstärkte Stimmen
in den Straßen widerhallten. Im Allgemeinen war die Aufregung groß; wenn auch
unmittelbar nach Mitternacht die vorläufige Entwarnung kam, da die Videorecorder
wieder funktionierten. Führende Mitglie-

der der Regierung wandten sich über die verbliebenen Medien direkt an die Bürger und schlossen einen zunächst befürchteten, atomaren Unfall kategorisch aus. Nach Auswertung der verfügbaren Satellitenphotos und den Erkenntnissen elektronischer Grenz- und Luftraumüberwachungssysteme sei ein feindlicher Ein- oder Angriff nicht lokalisierbar. Man bat um Verständnis für die eingeleiteten Vorsichtsmaßnahmen, die sich zum Glück für alle Beteiligten als überflüssig erwiesen hätten. Was die Ursachen und Hintergründe der kurzfristigen Störung angehe, so sei ein Zusammenhang mit den schon früher aufgetretenen Problemen wahrscheinlich. An der Aufklärung werde mit allen verfügbaren Kräften gearbeitet. Dann mahnte man noch zu Ruhe und Besonnenheit, dankte ausdrücklich den beteiligten Einsatzkräften, zeigte sich zufrieden darüber, dass die Katastrophenpläne minutiös umgesetzt worden seien, alle involvierten Kräfte Hand in Hand gearbeitet hätten. Es sei doch bei allem Schrecken beruhigend zu wissen, dass man auch schwierigen Lagen notfalls gewachsen sei. Dann verabschiedete man sich, und wiederholte die Entwarnung. In den sich in den Radioprogrammen anschließenden Gesprächsrunden spekulierte man auch über die Ursachen der kurzfristigen Störung, wies erneut auf den Kontext der atmosphärischen Bedingungen hin, und äußerte die Vermutung, ein so genannter Computervirus könne den Schaden hervorgerufen haben. Die Betroffenen konnten sich telefonisch, per Fax oder E-Mail an den Sendungen beteiligen.

Am nächsten Tag, der für viele der Betroffenen später als üblich begann, steckte den Bürgern der erlittene Schock noch in den Gliedern, nicht wenige verließen das Haus erst gegen Mittag. Die Angst, das Entsetzen, die aufgeregten Stunden, und eine wiederum verkürzte Nacht; das Geschehene hatte deutlich seine Spuren hinterlassen. Man hatte die Bilder von den durch rote und blaue Warnlampen erhellten, menschenleeren Straßen noch vor Augen, und das Echo der megaphonverstärkten Stimmen noch im Ohr; dachte mit Grauen an die sich überschlagende Bestürzung zurück, als man Familienangehörige, Freunde und Bekannte nach der erfolgten Warnung telefonisch nicht erreichte; Haustiere erst nach längerem Suchen wiederfand, oder die Lebensmittelvorräte

überprüfend feststellte, dass Diese kaum
für zwei Tage gereicht hätten. Niemanden
ließen die Ereignisse unbeeindruckt; nur
diejenigen, die am Rande der Gesellschaft
in diesen kalten Herbsttagen etwa auf den
städtischen Bahnhöfen nächtigten, blieben
mehr oder weniger stumpf in ihrer eigenen Welt dahin lebend, und das obwohl
die Beamten des Bundesgrenzschutzes,
die in Verbindung mit Polizeistreifen auf
allen größeren Bahnhöfen präsent waren,
gerade heute keine weitere Notiz von ihnen nahmen. In den Ansagen des Bahn-
hofspersonals wies man auf den eingeschränkten Betriebsverkehr der Busse und
Bahnen hin. Das gewohnte Alltagsleben
lief nur schleppend an, die Auswirkungen
auf das Arbeitsleben waren beträchtlich,
an einigen Schulen wurden die älteren
Schüler früher nach Hause geschickt. Viele der Betroffenen nutzten trotz der ständig wiederholten Entwarnung die ersten
Stunden des Vormittags zu umfangreichen
Einkäufen, so manch einer erreichte
Freunde und Bekannte nach vergeblichen
Versuchen zum ersten Male telefonisch
und konnte sich hörbar erleichtert über
das Geschehene austauschen. In der Sonderberichterstattung im Radio, den Infor-

mationsforen im Internet und den Veranstaltungen zum Thema wurde immer wieder versichert, dass eine Gefahr für Leib und Leben nicht bestehe, und auch zu keinem Zeitpunkt bestanden habe; dass zum Schutz sicherheitsrelevanter Anlagen, zu denen die Sender und insbesondere die Radiostationen gehörten, Militärpersonal und entsprechende Gerätschaften geordert worden sei, gehe auf schon vor längerer Zeit abgeschlossene Planungen zurück. Es diene der Unterstützung weiterer, einzuleitender Forschungen über Ursachen und Hintergründe der vorübergehend entstandenen Probleme. Jeder der Betroffenen, der seit dem gestrigen Nachmittag, im Zuge der Entwicklung, gesundheitliche Veränderungen an sich festgestellt habe, möge sich an die schon bekannten Adressen und Beratungsstellen der Gesundheitsämter wenden. Politiker verschiedener Parteien äußerten sich in gemeinsamen Erklärungen. Was die gestrige Störung anging, so wurde ein Zusammenhang mit den schon länger vorhandenen Problemen als sehr wahrscheinlich angesehen. Die Forschungen waren mit aller Kraft und Energie auf den Kontext der atmosphärischen Bedingungen gerichtet;

unter Berücksichtigung einer sich eventuell anbahnenden Klimaänderung, für die es bisher allerdings noch keine Hinweise gebe. Weiterhin überprüft würden sämtliche Kommunikationssatelliten und Solche, die im Rahmen wissenschaftlicher Projekte ihre Messungen vornahmen. Es gab den Verdacht, das Material und Ausstattung der Systeme in einer noch unbekannten Wechselwirkung mit der Sie umgebenden Atmosphäre für die entstandenen Probleme verantwortlich sein könnten. Diese Forschungen würden Zeit und Geduld in hohem Maße erfordern. Wenn aber die Probleme gelöst seien, und dass Sie gelöst würden, daran bestehe mehrheitlich kein Zweifel, würden die damit verbundenen Erkenntnisse wesentliche Fortschritte für Wissenschaft und Gesellschaft bedeuten. Im Allgemeinen war der Tag nach der kurzfristigen Störung ein besonderer Tag. Nachdem man den ersten Schock überwunden hatte, trat in den Gesprächen zunehmend das Spektakuläre der Entwicklung in den Vordergrund. Den Nachmittag und Abend verbrachte man in gleichermaßen erschöpften wie aufgeregten Zuständen. Nur wenige der Betroffenen nutzten das Angebot der medizinischen Untersuchungen, die vielfältigen Veranstaltungen wurden weniger häufig als in den Wochen zuvor besucht. Das Bedürfnis, sich über das Geschehene in privatem Rahmen auszutauschen war sehr ausgeprägt. Der Stand der Forschungen über den ungeklärten Sachverhalt war unverändert. Trotzdem das Krisenmanagement in der vergangenen Nacht reibungslos funktioniert hatte, begann man nun grundsätzlich die Kompetenz der verantwortlichen Politiker zu bezweifeln. Was sich in den letzten Wochen, bei aller Belebung durch die so vielfältig veränderten Umstände, an Skepsis und Ärger, die fehlenden Fortschritte in den Forschungen betreffend, zunehmend angehäuft hatte, brach nun vielerorts hervor. Wie stand es mit der Integrität der Institute, die an den Forschungen beteiligt waren? Die meisten dieser Institute hatten im Zuge der Entwicklung erhebliche Geldmittel erhalten, neue Mitarbeiter eingestellt, und erweiterte Räumlichkeiten bezogen. Wurden die zur Verfügung gestellten Mittel ausschließlich zur Aufklärung der entstandenen Probleme verwendet? Diente die vielerorts angeschaffte Hochtechnologie nur diesem Zweck? Wer vergab die Mittel nach welchen Kriterien und kontrollierte deren Verwendung? Es gab ernst zunehmende Hinweise, dass man in einzelnen Instituten auf Kosten der entstandenen Probleme, und somit auf kosten der Allgemeinheit zweckfremde Projekte voran trieb. Wer aber sollte in diesen Wochen, da die auszuleuchtende Materie immer komplizierter wurde, den Beweis führen, was der Aufklärung diente und was nicht? Schon seit der zweiten Woche wurden die über das Internet verbreiteten, ständig aktualisierten Forschungsergebnisse von Schriftzügen werbender Konzerne umrahmt; gab es Zusammenhänge zwischen Inhalt, Darstellung und den beworbenen Produkten?

Waren es wirklich ernsthaft bemühte Wissenschaftler, die modern gekleidet an den sendetechnischen Anlagen hantierten, und Denen man bei Originalübertragungen über die Schulter schauen konnte?

Der Mehrheit der Betroffenen schien es unfassbar, dass seit mehreren Wochen zahllose Wissenschaftler und Beamte der renommiertesten Institute mit modernster Technik ausschließlich mit der Aufklärung des ungeklärten Sachverhaltes beschäftigt waren, und wesentliche Fortschritte gleichwohl ausblieben. Galten die Forschungen wirklich den entstandenen Problemen, oder hatten Sie einen anderen Zweck, einen anderen Hintergrund?

Konnte man den öffentlichen Verlautbarungen der verschieden Krisenstäbe noch trauen?

War man nicht früher bei mancher Gelegenheit auch schon belogen und betrogen worden?

Taten die verantwortlichen Politiker nicht ohnehin nur das, was Sie wollten?

Man wusste nicht mehr genau, was eigentlich vor sich ging. Das Rätselhafte des Geschehens kam vielen der Betroffenen erst jetzt so richtig zu Bewusstsein. Man erwog auch den Gedanken, dass es sich um eine gigantische Inszenierung handele, doch wem konnte es nützen, wenn die Erleuchtung ausblieb? Den Politikern nicht, die an Macht und Einfluss verloren, und die sich in Wort, Gebärde und äußerem Erscheinungsbild nur mühsam auf die veränderten Umstände einstellten; den jeweiligen Sendern und deren Mitarbeitern, die ihr Talent in die vielfältigen Veranstaltungen einbrachten, in keinem Fall; der Werbeindustrie und den auftraggebenden Firmen ebenfalls nicht. Zwar reagierten die Werbefachleute mit Witz und Ideenreichtum auf die veränderte Lage, erschlossen mit Enthusiasmus und Pioniergeist neue Möglichkeiten zur Vermarktung, sprachen neue Zielgruppen an, propagierten neue Bedürfnisse, doch ließen sich potentielle Kunden nicht mehr in gleicher Zahl ansprechen wie vor dem großen Missgeschick. Der vorübergehende Ausfall des Mediums war auch durch Autokorsos, demonstrationsähnliche Umzüge, den Stadtläufen mit einigen Tausend, gleich gekleideten Werbeträgern und einer wahren Flut von Postwurfsendungen nicht zu kompensieren. Die Vertreter der Interessengruppen waren in gleicher Weise betroffen wie die Politiker. Wem also nützten die veränderten Umstände? Dem Radio nützten Sie, den Zeitungen und Zeitschriften, dem Internet, den Konzernen der Kommunikationstechnologie, deren Aktien sprunghaft gestiegen waren, den Theater- und Konzertveranstaltern, den Kinobetreibern, der Gastronomie, und dem Handel; Sie nützten dem Gesundheitswesen im Allgemeinen, da die geplanten, rigiden Kürzungen der gegenwärtigen Lage nicht angemessen waren und ausgesetzt wurden. Die zweifelhafte Blüte der Wissenschaften war ein Thema für sich, über die rolle der

Geldinstitute wird noch zu reden sein, in Verbindung mit den vielfältigen Veranstaltungen wurden neue Arbeitsplätze geschaffen. Am nächsten Tag fuhren Busse und Bahnen wieder regelmäßig, hofften viele Schüler vergeblich auf einen wiederum verkürzten Unterricht, waren Auswirkungen auf das Arbeitsleben kaum noch spürbar. In den Zeitungen wurde eine transparentere Vermittlung der Forschungen angemahnt; man verlangte einen regelmäßigen Rechenschaftsbericht über die Vergabe und die Verwendung der Gelder. Außerdem äußerte man sich grundsätzlich kritisch über die Wissenschaft und deren Anspruch. Privatsender waren auf der Suche nach skurrilen Figuren und stellten diese öffentlich in Veranstaltungen vor, so z.B. einen Betroffenen, der vorgab, einem Straflager entkommen zu sein; und einen Betroffenen, der von einer rätselhaften Weihnachtsfeier zu berichten wusste. Das Straflager beschrieb er als dreistöckiges Gebäude mit marineblau gestrichener Fassade, aus der Fenster und Türen weiß lackiert hervortraten. In weiterem Umkreise umrahmt von blühenden Wiesen und abgeernteten Feldern gelangte man vorbei an einer größeren Rasenfläche hin zum Eingangsportal, über dem ein lateinischer Sinnspruch eingraviert war. Das dichte, eben mäßig kurz geschnittene Grün wurde von schmalen Wegen durchzogen, die sämtlich zur Mitte der Fläche führten. Hier stak fest im Boden verankert eine rot lackierte, vier Meter messende Leiter, um die herum einige schlichte Stühle gruppiert waren. Die Aufgaben neu angekommener Häftlinge beschränkten sich zunächst auf die Pflege des Rasens und die Pflege der Leiter. Photographien der Leiter aus verschiedenen Perspektiven und Solche des Rasens, seinen Zustand und Wandel im Laufe der Jahreszeiten dokumentierend, sah man zwangsweise in allen Räumen des Gebäudes. Die Wanduhren im Esssaal und auf den einzelnen Stationen zeigten grundsätzlich auf 13 Uhr 50.

Was er während seiner Anwesenheit erleben und erleiden musste übersteige die Vorstellungskraft sicher bei Weitem; es sei dem gesunden Menschenverstand nicht fassbar, er beschränke sich deshalb in seinem Bericht auf das Mitteilbare. Die nun folgende Schilderung der angewandten Maßnahmen, so die verharmlosende Sprachregelung des Lagerpersonals böten genug an schaurigem Einblick, bzw. warnendem Ausblick, mehr wolle und könne er den Zuhörern nicht zumuten. Die ersten Tage in einem finsteren Kellergeschoss hausend wurde er zunächst mit der Pflege des Rasens und der Pflege der Leiter beschäftigt. Am siebenten Tag erwachte er am späten Vormittag in einem Raum zu ebener Erde auf einem Berg von Müll und Unrat. Als er sich vor die Tür gehend umgehend bei dem Lagerpersonal beschwerte, bedeutete man ihm ohne weitere Erklärung, dass die Befriedigung der letzten Jahre eine Scheinbare gewesen sei. Dieses manifestiere sich in einem Berg von Müll und Unrat, der abgetragen werden müsse. Es sei eine wirkliche Knochenarbeit gewesen, berichtete er, und wischte sich mit einem bastenen Tuch den plötzlich ausbrechenden Schweiß von der Stirn. Als er anfangs mutlos, nach langem Zögern und nur widerwillig mit dem Abtragen begann, und die Abfälle zerkleinert in Plastiktüten gefüllt durch eine zu diesem Zweck neben der Türe eingelassene Öffnung schob, geschah es wohl mehr aus Verzweiflung, oder aus Wut über diese Verzweiflung. Mit fortschreitendem Abbau aber wuchsen, auch dadurch begünstigt, dass er zügig voran kam, die Spannung und seine Neugier, was denn unter dem Berg verborgen sei, verborgen liege. Zu seiner Enttäuschung fand sich Nichts, nachdem er die Arbeit gegen Mittag des dritten Tages beendet. Ohne ein Wort der Anerkennung führte man ihn, den Erschöpften und Verschmutzten daraufhin eine Treppe höher in den ersten Stock, wo er in ein helles, geräumiges Zimmer einquartiert wurde.

Den weiteren Verlauf des Tages verbrachte er in Ruhe und in Unsicherheit über das ihm Bevorstehende. Wieder wischte er sich den Schweiß von der Stirn, trank hastig einige Schlucke Wasser aus dem bereitgestellten Glase und setzte tief Luft holend wieder an. Ab dem nächsten Tage dann ermahnte man ihn dazu, das über all die Jahre Genossene noch einmal zu genießen, genauso wurde es ihm wörtlich angekündigt. Und es erschienen vor ihm, der wie gebannt in einem Sessel saß, die Bilder und Töne vergangener Zeiten. Manchmal stand das Bild bei fortlaufendem Ton, dann wechselten die Bilder, während der Ton sich wiederholte. Eingebaut waren immer wieder sinnvolle Sequenzen unterschiedlicher Länge und so genannte Inseln der Ruhe, in Denen eben das Gerät oder die Geräte, denn manchmal waren es mehrere, vollständig ruhten. Erst im Nachhinein sei ihm die darin liegende Perfidie bewusst geworden.

Es galt den Ausgelieferten zu einem gewissen Maß an Aufmerksamkeit zu zwingen, und es galt zweitens, die völlige Erschöpfung und also Erleichterung so gut und so lange wie möglich zu vermeiden. Wozu aber das Alles, würden sich die Zuhörer fragen, wozu das Alles, welche Mächte waren hier am Werk? Wenn das Ganze nicht so einen ernsten Hintergrund hätte, könnte man sich ein bisschen an das landläufig bekannte, so genannte Nachsitzen erinnert fühlen. Denn tatsächlich saß er ja täglich mit Essen und Trinken reichhaltig versorgt 8-10 Stunden, wobei die Einheiten zu unterschiedlichen Zeiten begannen. Im Anschluss wurde er jeweils in kleiner Runde zum Gespräch gebeten, so die perfide Sprachregelung des Lagerpersonals. Was ihm aufgefallen sei, ob er sich an etwas ganz besonders erinnere, so oder ähnlich lauteten die ihm gestellten Fragen. Manchmal wiederholte man einzelne Stücke, wies auf einzelne Aspekte, etwa in der Farbgebung hin, und erläuterte zudem das für den nächsten Tag Vorgesehene. Abschließend wurde ihm immer bedeutet, was man grundsätzlich von ihm erwarte, welche Leistung seinerseits zur Beendigung der Maßnahme führen würde. Man erwarte von ihm, so hieß es, ein bestimmtes Wort, eine bestimmte Geste, ein bestimmtes Sich-Verhalten; könne natürlich über das damit verbundene Geheimnis nicht weiter sprechen, kenne im Übrigen das Wort oder die Geste selber nicht, werde es aber erkennen, sobald er sich entsprechend äußere. Zu diesem Punkte hin wolle man ihn führen, gewiss teils mit Zwang, doch hoffend auf seine Einsicht; das Erreichen dieses Punktes sei gleichbedeutend mit dem Ende der Maßnahme. Also lag er des Nachts, die letzten Kräfte vergeudend, und suchte im Chaos nach einem Wort, nach einer Geste. Wie und warum er letztlich der Maßnahme entkommen sei, könne er auch im Nachhinein nicht mit Bestimmtheit sagen.

Jedenfalls erwachte er eines Tages mit schweren Kopfschmerzen auf einer Krankenstation, Kopf und Hände bandagiert, die Narben seien noch deutlich sichtbar, — er hielt die Hände kurz dem Publikum entgegen; erhebliche Lücken in der Erinnerung, was die vorangegangenen Tage betraf, und einen bunten Blumenstrauß auf

164

dem Nachttisch neben sich. Während der einige Wochen dauernden Behandlung sei er dann zum ersten Mal mit anderen Häftlingen und deren Erlebnissen bekannt geworden. Ein Mitgefangener, der glaubwürdig angab, schon seit mehreren Jahren Insasse des Lagers zu sein, und den überwiegenden Teil dieser Zeit auf verschiedenen Krankenstationen verbracht zu haben, berichtete ihm Folgendes: Während er selbst ebenfalls zur Pflege des Rasens und zur Pflege der Leiter verpflichtet wurde, dem Unrat ausgesetzt war und Diesen abtragen musste, schließlich in folge der Suche nach einem bestimmten Wort, einer bestimmten Geste auf einer Krankenstation erwachte; sei der mit angekommene Freund von Beginn an einmal täglich mit Bildern und Bruchstücken von Bildern förmlich überschüttet worden, hatte sich dann selbst zu befreien, genoss aber im Übrigen viele Freiheiten. Nach vier Tagen folgte auf die Bilderung eine dem gesunden Menschenverstand nicht fassbare Ermahnung zum Salat. Sein Freund fand hierin, nach anfänglichen Schwierigkeiten eine wirkliche Aufgabe, nannte es Dienst am Salat, und sich selbst, scherzhaft, doch mit Würde, des Salates Diener. Den Mitgefangenen galt er schon nach kurzer Zeit als hoffnungsloser Fall, der keiner Mühe und Maßnahme lohne. Dies möge als noch halbwegs mitteilbares Beispiel für die Perfidie der angewandten Maßnahmen dienen. Das Ganze beurteilte man als Akt der Willkür, als Laune der Lagerleitung. Das diese Einschätzung falsch war, — und wie hatte man die Lagerleitung so unterschätzen können, erwies sich, nachdem die Maßnahme eines Tages ohne Vorwarnung und ohne Angabe von Gründen eingestellt wurde. Seine Aufgabe innerhalb des Lagers war dahin, eine Neue wurde ihm nicht zugewiesen. Was aber sollte er nun anfangen, wohin sich wenden? So weit die Schilderung des Mitgefangenen. Die weiteren, traurigen Einzelheiten dieses Falles wolle er sich und den Zuhörern ersparen. Nach seiner Genesung wurde er in den 2. Stock umgesiedelt. Dort verbrachte er einige Tage bei störungsfreiem Empfang nach Belieben auswählend, genoss den Komfort einer eigenen Küche und stand häufig auf dem zur Rückseite hin gelegenen Balkon. In diesem Sinne konnte es nicht weitergehen, er war sich dessen durchaus bewusst, und so ging es auch nicht weiter. Beginnend damit, dass am frühen Abend des vierten Tages, er hatte es sich gerade gemütlich gemacht, plötzlich ein verhungerndes Kind zu seinen Füßen auftauchte und dürre Hände sich nach ihm streckten; eine kurzzeitige Erscheinung, die er als Taschenspielertrick gehobenen Niveaus abtat, wurde der Eingriff die Zumutung variierend später fortgesetzt, indem Blut eines Erdbebenopfers auf das eben erst zubereitete Abendbrot spritzte. Das war schon ärgerlicher, mochte aber auch noch in die gleiche Kategorie passen. Im weiteren Verlauf ließ sich ein flüchtiger Mörder Rat suchend auf dem Sofa nieder, erzählte die ebenso schöne wie traurige Heldin die Geschichte von ihrem Standpunkt aus, und setzte ihm abschließend die Seele eines Verstorbenen zu, kaum dass er dessen Tod als gerecht begrüßt hatte. Innerlich über diesen Zauber lachend, wählte er seine Worte wie gewohnt sorgsam und vermied allzu persönliche Fragen. Was ihm dann allerdings den Aufenthalt völlig verleidete, war Folgendes. Er bat um ein weiteres Glas Wasser, wartete, bis er Dieses bekommen, nahm einen kurzen Schluck und fuhr fort. Es geschah am späten Abend des fünften Tages. Er hatte die Zaubereien Kind und die verdorbene Mahlzeit betreffend schon fast vergessen, wartete hingegen, entsprechend vorbereitet, auf die ebenso schöne wie traurige Heldin, da erschien, er traute seinen Augen nicht, er Selbst, im Bild, ein Zweifel war nicht möglich. Die erste, spontane Reaktion, er müsse es gestehen, sei eine freudige Überraschung gewesen; für Augenblicke seine Lage vergessend, erfüllte sich ein Jugendtraum, rückte er nahe an das Gerät heran, und fand sich täuschend echt getroffen. Eine ganze Weile saß er so, wie selbstvergessen. Das Perfide dieser Maßnahme wurde ihm erst langsam bewusst. Fast viertelstündlich nahm sein Ebenbild im Umfange ab, verblassten die Farben. Wechselte er daraufhin den Kanal war die realistische Abbildung wieder hergestellt, bevor Sie dann erneut deformiert wurde. Nur mit dem nötigen Abstand und weil es der Sache diene, könne er so frei und offen über seine Beobachtungen sprechen. Er schoss schlechter, war körperlich weniger gewandt und dem näheren Umgang mit schönen Frauen nicht ohne Einschränkung gewachsen.

Bei wichtigen Beratungen blieb er vor der Tür, des Nachts auf dem Hof; selbst den Schlägen, die er bekam, fehlte die übliche Härte.

Der Navigation unkundig, für den tropischen Regenwald nicht ausgerüstet, die Sprache der Eingeborenen nicht verstehend; durchschaute er also die Maßnahme, ordnete Sie ebenfalls in die Kategorie der Taschenspielertricks gehobenen Niveaus ein, erwies sich immerhin bei dem Genuss harter Getränke als ebenbürtig und drückte trotz allen Ärgers seinem munteren Schatten, der immer bemüht, doch wenig erfolgreich, beide Daumen. Das ging so ungefähr eine Stunde lang. Dann vernahm er aus den benachbarten Wohnungen, die er bisher für unbesetzt gehalten hatte, heftiges Gelächter, und wie ihm schien, boshafte, anfeuernde Zurufe. Unwillkürlich an das Fenster eilend sah er einige Häftlinge, die lachend zu ihm hinauf grüßten, worauf er zurück schreckend in kalten Schweiß getaucht wieder in den Sessel fiel. Vergebens suchte er das falsche Spiel zu beeinflussen, die ihn so bösartig kompromittierende Darstellung zu beenden. Doch misslang der Sprung aus dem Fenster, und trafen die letztlich angestrebten Kugeln nicht.

Als dann auch der Wagen nicht ansprang, die Entführte samt den Entführern davon fuhr, sich einige Passanten dem Auto näherten und neugierig lächelnd gegen die Scheiben klopften, sprang er gehetzt nach vorne und brach das Ganze ab. Anschließend sei er noch längere Zeit bewegungslos verharrt, habe angstvoll in die Nebenräume hinüber gelauscht; später dann, im weiteren Verlauf, laute Geräusche vermieden und früh das Licht gelöscht. Wohin er sich in den nächsten Tagen auch versuchsweise wendete, was immer auch gegeben wurde, der Schatten war schon da, die Dinge wiederholten sich. Jeder der Zuhörer würde verstehen, und er sehe Dies der Mehrzahl der Gesichter auch an, dass ihm dergestalt jeder Gebrauch unmöglich wurde. Als man ihn aus der Maßnahme entließ, geschah es wohl, weil er das Gerät nicht mehr anrührte. Wieder trank er einen Schluck Wasser, dabei mit der anderen Hand seine Haare ordnend. Spannung, ungläubiges Staunen und Empörung im Publikum. In die dritte Etage geführt habe er dann plötzlich einen Schwächeanfall erlitten. So jedenfalls sei es ihm von dem behandelnden Lagerarzt einige Wochen später dargestellt worden.

Über die näheren Umstände seines Zusammenbruches äußerte sich Dieser nicht, es würde die Genesung gefährden, hieß es, auch von Seiten des übrigen Lagerpersonals. Er habe allen Grund, an dieser Version zu zweifeln. Jedoch fehle ihm bis heute jede Erinnerung an die Vorgänge auf der dritten Etage; einzig die dorthin führende, mit kostbaren Teppichen ausgelegte Treppe sehe er noch vor sich. Seine Bemühungen, Näheres über angewandte Maßnahmen in dem obersten Bezirk in Erfahrung zu bringen, scheiterten sämtlich.

Von Mitgefangenen hörte er häufig die ihm schon bekannte Version eines plötzlichen Zusammenbruches, der fehlenden Erinnerung, der kostbar ausgelegten Treppe. Das Lagerpersonal war Fragen nicht zugänglich, der behandelnde Arzt schützte Unkenntnis vor, wies aber mehr beiläufig darauf hin, dass er nach gründlicher Ausheilung wieder in die dritte Etage geführt werde. Die Umstände seiner Flucht näher zu beschreiben, verbiete sich, um beteiligte, ihn unterstützende Personen nicht zu gefährden. Nur soviel könne er sagen, er sei hier der Einzige, dem bisher dieses Kunststück gelungen, und trage also auch die entsprechende Verantwortung. Einige der Anwesenden wussten vorab um seine Problematik, ließen ihn aber dennoch gewähren. Scheinbar unermüdlich durchstreifte er tagsüber seine Wohngegend und bot sich in teilweise wilder Form Passanten zum Gespräche an, dabei auch Kinder nicht aussparend, was Missverständnisse zur Folge hatte. Er plakatierte ohne Erlaubnis seine selbst verfassten Pamphlete, mischte sich in Parteiversammlungen, er war im Begriff, einen Verein zu gründen. Sprachgewandt wusste er durchaus zu überzeugen, es kam vor, dass ihn Angesprochene direkt von der Straße zu sich nach Hause einluden. Das deutlich angewachsene Bedürfnis nach Kommunikation, die bei manchen der Betroffenen ausbrechende Unsicherheit, oder auch das Sensationelle seiner Erscheinung und der von ihm mit visionärer Überzeugungskraft vermittelten Erkenntnisse, das Alles begünstigte sein Treiben. Immer beschrieb er warnend das Straflager, dem er entkommen, und das vermutlich Allen bevorstehe. Niemand könne sich seiner Sache sicher sein, es könne Jeden treffen, in jedem Augenblick. Vom Straflager sei man jeweils nur einen Schaltfehler weit entfernt.

Am Eingang der Gaststätte wies ein geschmücktes Schild auf den geschlossenen Charakter der Veranstaltung hin; treu blickten, so flüsterte ihm seine Frau damals ins Ohr, er wusste es noch wie heute, — treu blickten Schafe und ein Hirte von einem angestaubten Kupferstich. Hier und da schmunzelten die Zuhörer, was der Redner nun auch tat; — dann aber seufzte, plötzlich bedrückt schien, sich halb zu seinen Kollegen wandte, die ihm ihrerseits aufmunternd zunickten. Das Essen, so fuhr er nach einer kurzen Pause fort, war zu aller Zufriedenheit, wenn auch nicht so üppig wie voriges Jahr, bei dem wohl unvermeidlichen, Allen Bekannten und von manchen gefürchteten Julklapp waren dieses Mal im Gegensatz zu früheren Feiern allzu boshafte Streiche, verübt unter dem Schilde der Anonymität, ausgeblieben. Jeder bekam zusätzlich von einem Vertreter des Betriebsrates ein Päckchen ausgehändigt, das neben einer Schachtel Gebäck und dem obligatorischen, handgeschriebenen Weihnachtsgruß ein Büchlein über die wechselvolle Entwicklung der Firma enthielt. Man sprach über den beruflichen Alltag ebenso wie über Privates, Persönliches; nutzte auch die Gelegenheit Kollegen näher kennen zu lernen, denen man sonst, aus welchen Gründen auch immer, eher selten begegnete; erinnerte sich an die letztjährige Weihnachtsfeier, — die letztjährige Weihnachtsfeier, wiederholte der Vortragende nicht ohne Wehmut, bei der noch sämtliche Getränke kostenlos gewesen, wo es ein angekokelter Tannenzweig war, der erhebliche Aufregung verursachte, wo einige Autos in weißem Froste streikten, so dass man sich zu mitternächtlicher Stunde mit Heiterkeit in die verbliebenen Wagen drängte; — wie schnell war doch die Zeit seitdem gelaufen, man wisse nicht, wo Sie geblieben, so zeigte man sich in gegenseitigem Einvernehmen überrascht; die Zeit sei ein Geheimnis, wesenlos und allmächtig, hatte ein Kollege zitiert; man fand Gelegenheit, auch über solche Dinge zu reden; gedachte einiger Kollegen, die nicht mehr zum Betrieb gehörten; sprach Missverständnisse offen an, begrub Streitigkeiten oder unternahm doch wenigstens Versuche in diese Richtung hin. Alle Betroffenen hatten im Nachhinein mehrfach miteinander Gespräche geführt; — ernsthafte Gespräche zur Aufklärung des Geschehenen, sagte der Redner, und seine Begleiter nickten

174

dazu; nach vorne gebeugt auf ihren Stühlen sitzend, zunehmend unruhig, etwas
seitlich hinter dem Rednerpult, unter dem
leuchtenden Schriftzug der die Veranstaltung organisierenden Programmzeitschrift. Manche der Zuhörer hielte noch
hielten noch das Faltblatt mit dem Programm in Händen. Dem laufenden Vortrag
war der kurze Auftritt eines bekannten
Fernsehmoderators vorausgegangen, der
sich in der ihm eigenen, trocken-humori-
gen Art zu der vorübergehend veränderten Lage äußerte. Nach dem Vortrag hatten Interessierte Gelegenheit, die Gäste
persönlich zu befragen; eingebunden in
diese Befragung sollten im weiteren Verlauf auch Vertreter der großen Volkspar-
teien Stellung nehmen, — worauf eine Gesprächsrunde auf der Bühne, unter Beteili-
gung eines Neurologen, eines Klimafor-
schers sowie eines Theologen, der sich
durch populistisch anmutende Schriften
hervorgetan, vorgesehen war. In den Pau-
sen spielte eine Big-Band; den Abschluss
sollte der Auftritt eines als lebende Legende angekündigten Überraschungsgastes
bilden.

Der Erwerb einer Eintrittskarte berechtigte zur Teilnahme an einem Gewinnspiel;

während des Einlasses empfing jeder Gast aus den gepflegten Händen rot gekleideter Hostessen ein Exemplar der aktuellen Programmzeitschrift sowie ein ledernes Schlüsseltäschchen; das Logo der Programmzeitschrift auf der einen, den Sinnspruch: „Ich bin so frei!" Auf der anderen Seite, in silber glänzenden Lettern eingraviert. Dieser Abend war Teil einer viel beworbenen Veranstaltungsreihe, die unter dem Motto: Information, Aufklärung, neue Wege zu den Rätseln der Zeit, in zahlreichen Städten angeboten wurde. Wesentliches Anliegen war jeweils die Vermittlung neuer, ungewöhnlicher Lösungsansätze, die vorübergehend entstandenen Probleme betreffend. Zum Abschluss der auf zahlreiche Tage angesetzten Veranstaltungsreihe sollte aus allen Ideen heraus der glaubwürdigste Aufklärungsversuch ermittelt werden, eben darum das Gewinnspiel.

Angesichts einer wahren Flut von Veranstaltungen dieser Art, denen die örtliche Presse jeweils eine Sonderbeilage widmete, konnte es Niemanden ernsthaft verwundern, dass nur wenige Medienvertreter anwesend waren. Das Echo, etwa in der Presse, blieb dementsprechend eher gering. Wie war es nun weiter gegangen an jenem Abend, der sich doch, nach Beschreibung des Redners, zunächst den Erwartungen gemäß entwickelte? Als mehrheitlich heiter ausgelassen beschrieb der Redner die vorherrschende Stimmung; heiter ausgelassen innerhalb noch wohl gesetzter Grenzen. Der verspätet eingetroffene Firmeninhaber hatte sich, ein frisch gefülltes Glas in der Hand von seinem Platze erhoben und zunächst in klaren Worten seiner ehrlich empfundenen Freude über den offenbar so gelungenen Abend Ausdruck verliehen. Es sei wohl wahrlich nicht immer leicht gewesen in dem sich nun dem Ende zuneigenden Jahr, für Keine und für Keinen der hier fast vollständig und bei guter Gesundheit Versammelten; er dankte für die Leistung, die ein Jeder an seinem Platze erbracht, deren Grundlage kollegiales Verhalten gewesen, das er sich auch für die zukünftige Arbeit wünsche. Dann sprach er kurz die Problematik eines globalen Wettbewerbs, sich verändernder, gesellschaftlicher Rahmenbedingungen und die Technologien der dritten Generation an; Chancen und Risiken wüchsen hier im gleichen Maße, Chancen, die man nutzen, und Risiken, die

177

man minimieren werde; wobei angesichts neuer Herausforderungen, auch die Anforderungen für jeden Einzelnen, — und er nehme sich dabei keineswegs aus, nicht geringer würden. Gemeinsam aber werde man Dies, wie in der Vergangenheit auch, ganz ohne Frage bewältigen; er habe hier keinen Zweifel, gemeinsam also, hatte er gesagt, das Glas hebend, um Verständnis gebeten für die Erwähnung auch ernster Aspekte, den Abwesenden, er dürfe wohl sagen, im Namen aller, gute Genesung gewünscht, und sein verspätetes Eintreffen mit einem wichtigen Geschäftstermin entschuldigt. Dann wünschte er weiterhin frohe und besinnliche Stunden, erinnerte scherzhaft an den folgenden Arbeitstag, forderte die Anwesenden auf, nun ihrerseits das Glas zu heben, und setzte sich, nach einem hell klingenden Prosit, gewohnt jovial, in dem er kurz entschlossen seinen Stuhl an den Tisch der Auszubildenden rückte. Lachen empfing ihn, in das er einstimmte, und an die umstehenden Tische weitergab. Zu diesem Zeitpunkt mochte es wohl manche der Zuhörer verwundern, dass der Redner dergestalt ins Detail ging, doch rechtfertigte der weitere Verlauf jener Feier nicht nur eben diese detailgetreue Darstellung, sondern auch das zunehmend nervöse Auftreten des Vortragenden. Eine Aufarbeitung jener Ereignisse hatte stattgefunden; der Versuch, Diese originalgetreu nach zustellen war unternommen worden; das erklärte die Kenntnis sonst eher zweitrangiger Einzelheiten. So saß man also, gewissermaßen dem Alltag entrückt, in kleineren Gruppen, mit mehrheitlich geröteten Wangen, hatte sich der Jacketts längst entledigt, die kurzzeitig geöffneten Fenster wieder geschlossen; bot sich ein Reigen von abseits Vertraulichem, gedämpfter Munterkeit, beschwingtem Frohsinn, hier und da erster Müdigkeit, vereinzelt auch wohl ein allzu lautes, nun nicht mehr abbrechendes Lachen, — da nahm das Verhängnis, das Mysterium, hatte sich der Redner verbessert, da nahm das Mysterium seinen Lauf; sprach es aus, halb hin zu seinen Kollegen gewendet, die nun aufrecht und gefasst, so schien es, auf ihren Stühlen saßen, unter dem leuchtenden Schriftzug der Programmzeitschrift, der eben von tiefem Rot in helles Blau hinüber sprang. In der Folge war dem Berichtenden deutlich anzumerken, wie sehr ihn wieder aufkommende Erinnerung und damit verbundene, ungelöste Fragen bedrängten, wie sehr ihn die teils ungläubig ablehnenden Reaktionen aus dem Publikum irritierten. Mehrfach unterbrach er sich in der Darstellung jener Ereignisse, trat jäh entschlossen zu seinen Kollegen hinüber, die ihm teils aufmunternd, teils mit Kritik begegneten. Dem Vortrag fehlte das Flüssige, als misslich empfunden von allen Beteiligten. Dabei herrschte im Saal eine eigentümlich angespannte Atmosphäre; berückt, erwartungsvoll, befremdlich, als offenbare sich stockend etwas Unerhörtes. Sollte oder konnte man da überhaupt zuhören; eine Atmosphäre, in ihrer Art schriftlich kaum zu vermitteln. Das sei sicher nicht im Sinne des Veranstalters, sagten die Einen; es sei sehr wohl in seinem Sinne, sagten die Anderen.

Deshalb nun hier die Zusammenfassung jener Ereignisse. In den Reigen jener Stimmungen hinein flog die Tür zum Saale auf und schlug krachend gegen die Wand. Böse pfeifend fuhr der Wind in den Raum, brach Sturm aus, in Sekundenfrist, und fegte, peitschte in eisiger Luft über die Köpfe der Entsetzten hinweg, das Alles, Speise und Trank, Jacken und Mäntel, Weihnachtsschmuck und Tannenzweige die Stätte verheerend durcheinander flog, sich tosend in den Ecken türmte; grässlich scheppernd sei das Geschirr zerschlagen, stand der Tannenbaum entnadelt, erfasste ein Blitz vom Wüten des Sturmes entfesselt grell zuckend die zerborstenen Lichterketten worauf Finsternis das Werk böse pfeifender Verwüstung umschloss; — so die noch in einem Zuge, förmlich aus dem Erzähler heraus brechende Schilderung. Der Raum sei nur mehr Geheul gewesen, über dem sich gellend Sirenen erhoben, als töne nun in schwärzlicher Umnachtung der letzte Tag heran, so wörtlich, als umfange die Gäste dröhnend erster Schatten, ließe das Gebein erkalten, die Sinne fliegen, und schlug das tosende Antlitz entfesselter Gewalt die Tür wie aus der Tiefe fauchend wieder zu. Die vom Mysterium Entsetzten, erstarrt an Stühle und Tische gepresst, die Hände schützend vor das Gesicht, vom Sturme gebeugt, umhüllt von Tosen, Toben, sich verlierend, haltlos im unter Geheul entfließenden Raum; was für eine Dimension des Seins, dem Abgrund nahe, hatte der hier schon erste Anzeichen von Erschöpfung zeigende Redner emphatisch ausgerufen und zustimmenden Reaktionen aus dem Publikum mit einer abwehrenden Geste begegnend hinzu gefügt: Niemand der Zuhörer habe Dergleichen je erlebt, das Ganze sei nicht nachvollziehbar, nicht zu vermitteln, er wisse wohl um diese Schwierigkeit; — haltlos also unter dem Geheul, das langsam in dröhnende Stille verebbte und die vom Mysterium Erfassten taumeln zurück ließ. Ein süßlich widerwärtiger Geruch habe sich die Stille zersetzend im Raume ausgebreitet; es hallte noch von zersprungenem Glas, etwas schien in oder auf den Raum zu drücken wie jener Reigen jäh zerfetzter Stimmung, die nicht mehr fassbar, doch gleichsam in der Luft gelegen; — in der Luft, was für ein Ausdruck profaner Verwurzelung, da man doch förmlich entwurzelt gewesen, — in der Stille, Stille, Stille, hatte der sich Erschöpfende mehrfach, wie nun selber verstummend, wiederholt. Eine Art von Stille hatte geherrscht, wie Keiner der Betroffenen Sie je erlebt; und vor deren Geheimnis er sich bis heute wortlos neige; in die, zu deren Wesen, Mittelpunkte hin die vom Mysterium Erfassten lauschten mussten, tief in sich hinein getrieben, auf das Selbst zurückgedrängt, zurückgeworfen, und in der, aus der sich Köpfe erhoben, erstmals atmend, als misstrauten Sie dem Element. Nichts sei zu vernehmen gewesen als ein Ticken der hölzernen Wanduhr, das ehedem vertraut, nun kalt entfremdet aus unbekannter Sphäre nahte; hölzern, zögernd, dann behäbig, Trost gemahnend, das Dunkel in bald unbeirrbarer Spur durchdringend, den enttosten Raum zurück erobernd; als Bass, Basso Continuo gewissermaßen, über dem in nach wie vor unbestimmbarer Frist ein Stuhl gerückt, worauf es summte, aus der Küche nebenan; — da zerplatzten leise zischend die bunten Glaskugeln vor den Fenstern. An diesem Punkt war der Redner kurzzeitig förmlich in sich zusammen gesunken, was ihm angesichts der Entwicklung des Geschehens Niemand verübeln konnte.

Zerplatzten doch die bunten Glaskugeln in den nachlassenden Schock hinein, eine wahrhaft schauderliche Vorstellung. Dem entsprechend reagierten dann auch die Gäste, wobei Reagieren wohl eine unzureichende Beschreibung ist für das, was sich in der Folge ereignet hatte. Zu Boden sei man gegangen, rief der Redner mit ausgebreiteten Armen, ohne des Nachbarn und seiner Schreie zu achten, da Jeder nun selber geschrien, flüchtend vor dem erneuten Ausbruch des Sturmes, auch blind um sich schlagend, sich Selbst vergessend, nur mehr Instinkt; am Boden, am Grund, den Grund, den ablosen Grund, um sich, die Sinne entleert, dem Ende entgegen; — dem Ende, das sich gleich einem Tunnel aufgetan, und in dem dann Licht allmählich zuckend über allseits verschlossenen Augen wieder aufflammte. Hier und da sei ein Schluchzen zu hören gewesen. Trotz der Aufarbeitung jener Ereignisse wusste bis zum heutigen Tag Niemand genau, wer zuerst, in Panik, die letzte Kräfte verliehen, die Augen wieder aufgerissen hatte; hatte man Sie überhaupt wieder aufgerissen? Waren Sie jemals verschlossen gewesen? Der Redner, ohnehin sehr mitgenommen, hauchte diese Fragen mehr, als dass er Sie aussprach; traumatisiert schien er nun nicht nur fachkundigen Beobachtern, zu Recht, wie sich bald herausstellen sollte. Man sah, so fuhr er wie aus einem Traume erwachend fort, — man sah, und man sah nicht; man sah Nichts und man sah Alles, was man auch vorher schon gesehen hatte.

Alles stand an seinem Platze; Wachs tropfte hier und da von einer Kerze; Jacken, Mäntel, Tannenbaum, — die Verwunderung war grenzenlos in das Leere gehend, da ihr jeder Gegenstand fehlte; man schaute einander an, als seien weite Entfernungen zu überbrücken. Man nahm wahr, doch sei es eine vom Mysterium verfremdete Wahrnehmung gewesen; so drang etwa der umschleierte Sinn wie durch Nebel zu einer Tasse hin; schrak man zurück vor einem unbeschädigten Teller; hörte man Gläsern schauend ein unbestimmbares Echo ab; bargen sich Messer und Gabel in länglichen Schatten; — und keine Spur von Verwüstung, hatte der eben noch mit einer gewissen Andacht Sprechende plötzlich heraus geschrien; keine Spur von Verwüstung, nicht eine Tasse sei zersprungen, kein Löffel habe gefehlt, Jeder habe auf seinem Platze gesessen; kein Wind, kein Sturm, rief er anklagend mit Blick auf die erste Stuhlreihe, trat dann einige Schritte vor, und fuhr über die Köpfe hinweg in wohl nur ihm zugängliche Fernen gerichtet fort: Wo waren Tosen, Toben, namenlos verheerende Mächte; wo war der unter Geheul entfließende Raum, der alle Gäste jäh in das Entsetzliche gerückt; wo war der lichtlose Schrecken, das infernalische Ticken, — in diesem Sinne erschöpfte sich der Redner, wurde von den herbei geeilten Kollegen aus dem Saal geführt, erholte sich dann, und nahm an der anschließenden Diskussion wieder teil. Nach einer kurzen Pause beschrieb eine Kollegin nüchtern, wie sich die Dinge weiter entwickelt hatten. Man habe eben gesehen, ohne zu sehen; begriffen, ohne zu begreifen; einander angesehen, der Eine mit dem Stuhl bis an die Wand zurück gewichen, der Andere noch mit dem Kopfe auf dem Tisch. Man streckte Arme und Beine, überprüfte den Zustand der Kleidung, tastete wohl peinlich berührt Gesicht und Körper ab; unwillkürlich kauten einige weiter, was sie zu kauen vergessen hatten, so die Ergebnisse jener der Aufarbeitung dienenden Gespräche, von Denen noch die Rede sein wird. Entsetzen hier, Verwunderung da, in die sich Misstrauen, dem jeweiligen Nachbar gegenüber mischte; aufsteigende Beschämung trotz oder wegen dem noch herrschenden Unverständnis, kein Lächeln zu diesem Zeitpunkt, kein frohes Wort. Stattdessen zuckte es in den Mienen, während sich die Blicke an Uhren, stilvoll gedeckten Tischen und Weihnachtsschmuck belebten. In nach wie vor unbestimmbarer Frist hatte sich eine kurz vor der Pensionierung stehende Kollegin erhoben und war quer durch den Saal an die Fenster geschritten. Nach ihrer Aussage war der Weg vor dem Lokal nur spärlich beleuchtet; ein Auto fuhr ohne Licht in normaler Geschwindigkeit vorüber; ein Hund bellte, vom Eingang des gegenüberliegenden Hauses aus. Der Mond, weitab, entschleierte sich langsam, über einer Laterne, die gelblich die Straße beschien. Natürlich war damals, nach dem erlittenen Schock, dem bis heute rätselhaften, mysteriösen Ausbruch unbestimmbarer Mächte an ein Weiterfeiern nicht zu denken gewesen. Ernsthafte, körperliche Schäden irgendeiner Art hatte keiner der Betroffenen zu beklagen. Die schwer zu beschreibende Wirkung des Geschehens ließ sich am ehesten mit der Art von Entfremdung vergleichen, die ein Jeder, der einmal aus nächtlichem Traume aufgeschreckt, aus eigener Erfahrung kannte; noch halb von schreckhaften Traumbildern umfangen, gleichzeitig doch schon in Sicherheit, — müßig, dieses Phänomen nun weiter zu erläutern. Nach kurzer Beratung, das wohl eher ein Sich-Zusammenfinden war, hatte man den ärztlichen Notdienst verständigt, zwei der Betroffenen kamen mit einer Kreislaufschwäche kurzfristig in stationäre Behandlung, wobei man sich gegenseitig versichert, das Erlittene vorläufig nicht zu erwähnen. Sollte man der Polizei den Vorgang anzeigen, die Presse verständigen? Gedanken dieser Art wurden verworfen, denn Wen oder Was hätte man anzeigen sollen? Stattdessen untersuchte man in kleinen Gruppen die nähere Umgebung des Lokals, saß darauf bis über die mitternächtliche Stunde hinaus bei spärlicher Beleuchtung, den Vorfall erkundend, der eigentlich Keiner gewesen war. Am nächsten Morgen erschienen die heimgesuchten Gäste im Gegensatz zu früheren Feiern allesamt pünktlich zur Arbeit; bot doch, wie in der nun folgenden Zeit der Kollegenkreis das einzige Forum, in dem man offen über Alles, oder eben Nichts reden konnte.

Was war denn eigentlich geschehen, so fragte man sich, den unterschiedlichen Temperamenten gemäß, in unterschiedlicher Intensität, — und was würde noch geschehen, sei zu befürchten? Wie sollte man Außen stehenden etwa die seltsam gedrückte Stimmung erklären, die zu den Pausenzeiten in der gut besuchten Kantine herrschte; aus der man übrigens vorübergehend allen Weihnachtsschmuck entfernt hatte? Natürlich beeinträchtigten Fragen,

Stimmungen dieser Art den gewohnten, beruflichen Alltag; — und natürlich konnte man sich, bei allem gegenseitigem Verständnis durch Diese nicht wesentlich im Arbeitsablaufe behindern lassen. Im Übrigen warteten Kinder und Haushalt nicht auf die Klärung jener Fragen, waren Sorgen und Probleme handfester, den Alltag bedrückender Art, nicht über Nacht gewichen, wenn Sie auch kurzzeitig in den Hintergrund gerückt, in einem anderen Lichte erschienen. Zudem stand ja Alles nach jenem mysteriösen Ausbruch Erlebte in krassem Gegensatz auch nur zu der Möglichkeit eines solchen Mysteriums, ließ es verblassen, wobei dieser Ausdruck nicht allen Betroffenen ohne weiteres über die Lippen kam, — selbst dann nicht, als er von den Mitgliedern der eingesetzten Kommission mehrheitlich akzeptiert wurde.

Er sei, so hieß es in einem zu diesem Zweck verteilten Faltblatt, dem Gegenstande angemessen, ausgewogen, fasse das nicht Fassbare in Worte, etc.. Die Mitglieder der Kommission, beiderlei Geschlechts, alle Altersgruppen repräsentierend, eingesetzt mit dem Ziel, die rätselhaften Vorgänge aufzuklären, trafen sich regelmäßig im Anschluss an die betriebliche Arbeit und profitierten dabei von einer Regelung, den Abbau von Überstunden betreffend. Wie stand es um Konzept und Vorgehensweise jener Kommission? Die notwendigen Einzelgespräche wurden von jeweils zwei Mitgliedern der Kommission im Rahmen der betrieblichen Arbeit durchgeführt und protokolliert. Der Fragen-Katalog, zwei Din-4 Seiten umfassend, war in mühsamer Arbeit erstellt, mehrheitlich abgestimmt worden. Die Ergebnisse der Einzelbefragungen wurden in verschiedenen Arbeitsgruppen auf bestimmte Gesichtspunkte hin überprüft; die Ergebnisse dieser Untersuchungen miteinander verglichen, wobei jede Entwicklungsstufe der Aufklärung, Aufarbeitung schriftlich fixiert, von verschiedenen Personen abgezeichnet, in Kopien für jedes einzelne Mitglied zugänglich; waren doch, gewissermaßen, vor dem Mysterium alle gleich. So ergab sich in Wochenfrist das vom Redner so anschaulich beschriebene Bild. Parallel zu den Einzelgesprächen wurde jenes Lokal mehrfach von Mitgliedern der Kommission untersucht. Man kam unabhängig voneinander, mit und ohne Ankündigung, zu unterschiedlichen Zeiten; klopfte teils offen, teils versteckt, Türen und Wände ab, inspizierte unter einem Vorwand die Küche, verschaffte sich Zugang zum Keller, sprach mit Personal und Gästen, entnahm einen kleinen Ausschnitt des Bodenbelages, Teile des Geschirrs und Ähnliches. Natürlich bedauerten nun Alle, dass man es an jenem Abend versäumt hatte, Weihnachtsschmuck, Tannenzweige, oder eine jener verhängnisvollen Glaskugeln mitzunehmen. Man erstellte Skizzen der Räumlichkeiten, rief sich die Sitzordnung der Gäste in Erinnerung, und rekonstruierte, soweit möglich, deren Bewegungsablauf an jenem Abend.

Wer hatte etwa wann, zu welchem Zweck das Lokal verlassen, wie lange hatte die Abwesenheit gedauert, gab es Zeugen, wie waren Diese beleumundet, welcher Nationalität? Auf Basis dieser Informationen gelang es, das Geschehene in einzelne Phasen zu zergliedern. Überdimensionale Bogen blütenweißen Papieres dienten dazu, jede einzelne dieser Phasen verschiedenfarbig, unter Verwendung diverser Symbole, für sich darzustellen; zunächst also handschriftlich, dann als Computer-Simulation. Nach längerer Diskussion wurde eine Gruppe von „Schülern" ausgeschickt, die unter dem Vorwand, Material für ein Seminar zu sammeln, die Anwohner jenes Lokals systematisch, Passanten nach dem Zufallsprinzip befragten; worauf man die Umgebung jenes Lokals vermaß. Man suchte in den Archiven der Zeitungen nach ähnlichen Fällen, bemühte in diesem Zusammenhang einen Computerspezialisten, befragte unter Wahrung der Anonymität die entsprechenden Fachleute, besprach die Ergebnisse unter Einbeziehung aller Mitglieder und observierte daraufhin, mit seinen Aufgabe wachsend, das Lokal über mehrere Tage hinweg. Jenes Auto und jener Hund blieben trotz eines erheblichen, zeitlichen wie finanziellen Aufwandes unauffindbar. Man filmte das Lokal in stillem, nächtlichen Zustande; Mitglieder der Kommission saßen voneinander unabhängig in unterschiedlich gestalteten Räumen; sichteten das Material in verschiedenen Geschwindigkeiten; vergrößerten auffällige Details, saßen so manche Stunde vor einem Standbild, dabei etwa kurz die Augen schließend, um Diese dann wie erleuchtet wieder zu öffnen; einer Eingebung folgend spielte man den Film rückwärts und stoppte nach dem Zufallsprinzip. Die Ereignisse jenes Abends wurden,

192

unter Zuhilfenahme sämtlicher Skizzen am Orte des Geschehens im kleinen Kreise nach gespielt. Schon seit Erstellung jener Skizzen waren Mitglieder der Kommission mit der Klärung von Widersprüchen, Verdachtsmomenten, etc. Beschäftigt. Wie stand es etwa mit den Kollegen, die glaubhaft versichert hatten, die Glaskugeln seien nach jenem Vorfall kurzzeitig in Bewegung gewesen? Wie stand es mit jener mittlerweile pensionierten Kollegin, die damals zielstrebig, quer durch den Raum, zu den Fenstern gegangen war? Scherzhaft fragte man in diesem Zusammenhang nach dem verspäteten Erscheinen des Firmeninhabers. Wie stand es um den Freund einer Kollegin, der den Tannenbaum be- und entsorgt hatte, ohne Rücksprache mit seiner Bekannten? Wer hatte damals die Idee gehabt und durchgesetzt, die Einzelgespräche während der Arbeit durchzuführen? Wie stand es mit dem Kantinenpersonal, das damals für die Verköstigung verantwortlich zeichnete? Man befragte ehemalige Kollegen, unterzog zukünftige Kollegen eigenwilligen Tests; und sowieso hatten Diese es schwerer als anderswo sich einzugewöhnen, mehrheitlich wurde Ihnen misstrauisch begegnet. Unter der stetig abnehmenden Zahl der Kommissionsmitglieder entwickelten sich unterschiedliche, zum Teil gegensätzliche Meinungen den Vorfall betreffend, was ein von Allen getragenes Abschlussdokument verhinderte. Man kam überein, ein Jeder hätte das Recht, seinen persönlichen Standpunkt schriftlich, in Form eines Thesenpapiers, an einer eigens dafür errichteten Holzwand, die in einem schwer zugänglichen Kellerraume befindlich, zu befestigen. So verblasste das Geschehene zunehmend, geriet bei der überwiegenden Zahl der Betroffenen in Vergessenheit; blieb nur das rätselhafte Gefühl von Etwas, das Nichts gewesen, doch Etwas sein musste, aber nicht konnte; – wie es ein Zehnjähriger herzlich lachend zur Überraschung Aller ausgesprochen hatte. Nur eine kleine Gruppe traf sich noch in regelmäßigen Abständen, in verschiedenen Wohnungen, begrüßte sich mit seltsam anmutenden Handbewegungen, verstieg sich zu symbolhaften Handlungen, unter Ihnen leitend der stellvertretende Geschäftsführer, der seines Postens längst enthoben war.

In einem Zeitungsartikel schrieb der Autor, der vorübergehende Ausfall sei wie alles Geschehen als Schicksal zu begreifen; und weiter: Das Schicksal sei als Schatten untrennbar mit der menschlichen Existenz verbunden, wobei er die menschliche Existenz als kunstvolles Geflecht hin und her laufender Wechselwirkungen beschrieb. Das Schicksal, schrieb er, das Schicksalhafte, das an dem Schicksal Haftende; man sei gleichermaßen mit dem Schicksal eingesperrt und könne Dies wohl als beengend empfinden. Negiere man aber einige Fäden des Geflechtes, negiere man auch das Wesen der Struktur. Das Schicksal, schrieb er weiter, Schicksal und Opfer, vom Leiden gebeugt, doch dem Siege zugewandt. Negiere man aber das Opfer, als zum Schicksal gehörend, negiere man auch die eigene Existenz.

Das Schicksal anzunehmen, allein darin bestehe die menschliche Freiheit. Ausdruck tiefster Religiosität sei die Bejahung der eigenen Existenz; trotz Allem. Wenn er sich heute in Einklang, Hand in Hand mit dem Schicksal wisse, sei er sich dessen Schutz gewiss; auf anderem Wege jedoch, auf eigene Gefahr.

In einem lutherischen Radiosender sprach man im Allgemeinen über das Gebet: Zur Aktualität und Wirksamkeit des Gebetes angesichts der veränderten Umstände hieß es: In Folge der entstandenen Probleme seien die gewohnten Wege nicht mehr begehbar, die Betroffenen fänden sich plötzlich in mancherlei Dickicht ab geirrt. Durch die mittels des Gebetes initiierte, sich fortpflanzende Energie gerate die Atmosphäre um den Betroffenen herum in Bewegung, und erfasse im weiteren Verlauf auch das Dickicht. Es fänden Auf- und Umbrüche statt, aus Denen sich andeutungsweise neue Möglichkeiten ergeben könnten. Auch in Zusammenhang mit der bei den Betroffenen entstehenden Leere könne das Gebet angewendet werden. Die Leere, das Vakuum, an dessen Rande die Betroffenen unwillig und ratlos stünden, solle nicht eigenmächtig gefüllt werden. Das Gebet sei ein Mittel, den Grund zu erhöhen, bis ein Steg, eine Brücke gangbar werde. Grundsätzlich führe der Möglichkeit nach ein Weg von dem Einzelnen hin zu Gott. Sei dieser Weg oder die Möglichkeit dieses Weges verschüttet, wirke das Gebet für die Eröffnung des Weges, für die Eröffnung der Möglichkeit.

Es gab Zeitungskommentare, in Denen das vielerorts entstandene Gemeinschaftsgefühl hervorgehoben wurde, eine Haltung, die dem zunehmenden Trend der Vereinzelung entgegen wirke, und die sehr ins Blumige gerückt davon sprachen, dass vor dem Nicht-Erleuchteten in gewisser Hinsicht alle gesellschaftlichen Gruppen und Nationalitäten gleich seien, wodurch auch die vielfältigen Spannungen zwischen diesen Gruppen in einem anderen Lichte erscheinen sollten; diese Zusammenhänge bedenkend solle man nun gemeinsam für eine bessere Zukunft arbeiten. Es gab auch andere Stimmen. Diese wiesen mehr oder weniger offen auf einige ausländische Gruppen hin und fragten nach dem wahren Sinn und Zweck ihres Aufenthaltes; der ungewissen, dunklen Herkunft der Betroffenen; machten darauf aufmerksam, dass man diese Leute nicht verstand und nicht verstehen konnte, ebenso wenig wie Ursachen und Hintergründe der entstandenen Probleme, woraus sich eine Parallele ergebe. Und die heidnischen Rituale, die schwarze Magie, der Opferkult? Den verantwortlichen Politikern traute man ernsthafte Ermittlungen in diese Richtung nicht zu; einige der Betroffenen beschlossen deshalb, die Sache selbst in die Hand zu nehmen. Politiker aller Parteien lobten das kreative Potential der Veranstalter, legten Sonderprogramme auf, die Kleinunternehmen mit Startkapital unterstützten; die Banken gewährten Kredite zu Sonderkonditionen; besonders die größeren Betriebe und Konzerne kümmerten sich vorbildlich um ihre Mitarbeiter und boten eigene Veranstaltungen an.

7. Die letzten Fragen

Als es zum Wochenende hin ging und die Erleuchtung nach wie vor ausblieb, hätten manche der Betroffenen nicht zu sagen gewusst, wann es Ihnen schlechter ging; morgens, wenn Alles noch bevorstand, oder abends, wenn es überstanden, für diesen Tag überstanden war und Sie einer unruhigen Nacht entgegensehend in ihr Bett stiegen. Mit der Frage, wie lange noch, wo sollte das noch enden?; in Gedanken an eine absolvierte, medizinische Untersuchung, die ergebnislos verlaufen, und die möglichen Ergebnisse der Blutanalyse, die noch ausstanden, — eine weitere Untersuchung würde nächste Woche folgen, Gänge zu anderen Ärzten wurden nötig; von rätselhaften Träumen beschwert; den unseligen Streit mit dem Partner, welche der vielfältigen Veranstaltungen man besuchen solle, noch im Ohr; in der alltäglichen Ordnung oder Unordnung der Dinge zunehmend gestört; wobei das kalte und regnerische Herbstwetter ein Übriges tat. Es ergaben sich langsam lauter werdende Fragen, die auch als die letzten Fragen bezeichnet werden konnten. Denn was gab es noch zu erleben?

Am Wochenende verzeichneten Polizei und Rettungsdienste mehr Einsätze als üblich. Auf einer Veranstaltung erzählte ein Betroffener die Geschichte von den drei Brücken: Er hatte eine wunderlich anmutende Person beobachtet, die am Rande einer Schlucht mit dem Bau von drei Brücken beschäftigt war. Die Erste baute er fragend, die Zweite stumm, die Dritte baute er unter Schreien in die Tiefe und in Richtung der anderen Brücken schimpfend. Manchmal erschien auf der gegenüberliegenden Seite eine Gestalt für kurze Zeit in hektischer Bewegung. Ob Sie freundlich zustimmte oder ablehnend warnte, der Sinn ihrer Gesten blieb unklar. Eines Tages sah er dann den Abgrund mit Wasser gefüllt, worauf sich die Brücken zu einem Floße fügten und die Person mit der Strömung davon fuhr.

Es stellten sich also Fragen, die auch als die letzten Fragen bezeichnet werden konnten. Denn was gab es noch zu erleben, Tag, wo war dein Sieg? Da der mühsame und entsagungsvolle Treck durch unwegsames Gebiet nicht stattfand, feindliche Stämme nicht abzuwehren waren, und das lohnende Ziel nicht erreicht wurde; man vermisste die brennenden Häuser, aus Denen die Rettung erst in letzter Minute gelang, die reißenden Wasser, in die man auf der Flucht geraten, die Abgründe, aus Denen man lustvoll schaudernd und sich schüttelnd wieder emporstieg. Man vermisste die Größe, die Schönheit, das Abenteuer, den Verrat und die Versöhnung, den Freund und die Freundin, man vermisste die Feinde, die ebenso zahlreich wie erfolglos gewesen. Manche der Betroffenen führten auch während des Tages Geräte bei sich, die über Tasten und Knöpfe zum Ein- und Ausschalten, zur Regulierung des Tones und der Farbgebung verfügten. Doch war es nicht mehr so einfach, Gespräche abzubrechen und Gesichter wegzublenden. Konnte man die Dummheit noch leise stellen, das Hässliche verdunkeln, die Schwätzer mit einem Handgriff verscheuchen? Man vermisste ein Gegenüber, das sich in grenzenloser Geduld durch Blicke jeder Art nicht stören ließ, die Zuneigung nicht verneinte, die Verachtung nicht spürte, den Hass nicht zurück gab.

In einem Zeitungsartikel berichtete jemand, der in der Höhe gestanden und nur in Gedanken gesprungen war. Er sprang, fiel, und ließ das Ausweglose, das Quälende, den Schmerz zurück. Dann hörte er weit über sich ein Zwiegespräch im Fallen zwischen der Erleichterung über den fehlenden Schmerz, die das Vorhaben propagierend alle Zweifel unterdrückt hatte, und dem Enteilten, den Sie nicht mehr erreichte. Vielleicht hätte Sie besser unten auf ihn gewartet, dachte er noch.

Privatleute vermittelten gegen Entgelt Methoden zur Bewusstseinserweiterung und Selbsterfahrung; folgende Beispiele mögen genügen:

1. Man konzentriere sich sitzend auf einen beliebig zu wählenden Punkt an der Wand, konzentriere sich, bis die Augen schmerzten und die Dinge ins Schwimmen gerieten; dann solle man, sich auf den Rhythmus der Wellenbewegung einlassend, von dieser erfasst und getragen, in eine andere Sphäre hinüber gleiten.

2. Bei Tageslicht unter rhythmischer Daueratmung in freier Haltung ein beliebig zu wählendes Auge mit einer Hand bedecken, das andere Auge langsam zukneifen, durch leichtes Drehen des Kopfes Lichtstrahlen isoliert wahrnehmen, um sich dann ent-

lang des Lichtstrahles wie an einem Seile zum Fenster hangeln.

3. Nach drei gefasteten Tagen frühmorgens auf das einfallende Licht warten, durch das sich der Raum erweitere und in Erweiterung mit Helligkeit fülle; sich für den streng persönlich zu bestimmenden Höhepunkt der Menge eingefluteten Lichtes sensibilisieren, von dem aus der Raum, nur schwer wahrnehmbar, zu pochen beginne; dann gelte es mit großer Aufmerksamkeit der Sogwirkung nachzuspüren, die bei häufiger Übung zum Zentrum des Pochens hinführe.

4. Die vierte Methode bestand darin, Bücher religiösen Inhaltes laut und rückwärts zu lesen. Ihr wahrer Geist erschließe sich nur dem fast verzweifelnd ständig Bemühten und entsteige irgendwann aus umgekehrtem Sinn.

8. Die Forschungsgemeinschaft Irritation

Ein interessanter Ansatz zur Lösung der entstandenen Probleme war die Untersuchung der so genannten Forschungsgemeinschaft Irritation. Die Untersuchung erfolgte durch die Forschungsgemeinschaft Irritation, wesentlich angewandte Methode war die Hypnose. Man befragte Betroffene, die sich auf Zeitungsartikel hin gemeldet hatten und angaben, kurz vor dem großen Missgeschick seltsam irritiert gewesen zu sein. So wurde z.B. ausgesagt, bzw. gezeichnet:

1. über die Art der Erfassung: der Eingriff wurde als dem Wesen nach schleichend empfunden; er sei heimlich erfolgt, um nicht zu sagen, heimtückisch; eine Abwehr sei nicht möglich gewesen; es habe nicht an die Tür geklopft, sondern diese untergraben.
2. über den Beginn der so genannten Geschichte: häufig wurde die Erfahrung erwähnt, zu Beginn der Geschichte habe sich aus dem Dunkeln ein heller Schatten gelöst, der freundlich winkte.

3. die übermittelten Gedanken und Bilder hätten sich zunächst in Form einer unbestimmbaren, mathematischen Figur geordnet; von dieser Figur existierten nur vage gehaltene Zeichnungen, aus Denen sich kein einheitliches Bild ergab.

4. über das Potential der angewandten Technik: die bei dem Phänomen entstandene Strahlung sei von der Menge her eher gering gewesen; man fühlte sich an eine Sonnenfinsternis erinnert; die Strahlen hätten mit gleicher Macht getroffen, wie es z.B. bei einer partiellen Sonnenfinsternis demjenigen geschehe, der ungeschützt neugierig in das vermeintliche Dunkel schaue und sich erst später bemerkte, nicht mehr zu tilgende Schäden an der Netzhaut der Augen einhandele; wenige Strahlen genügten, um dauerhafte Schäden anzurichten. Angesichts der Phänomene habe man das gleiche Gefühl der Gefährdung empfunden. Auch wenn körperliche Schäden nicht nachweisbar waren, gab es viele Schilderungen ähnlicher Art.

Aus diesen und anderen mittels der Hypnose zu Tage geförderten Erlebnis- und Erfahrungsberichte ergab sich das folgende, vorläufige Bild:

1. Der Eingriff erfolgte immer streng persönlich. Alle Betroffenen wurden in der Ihnen eigenen Welt heimgesucht, erfasst; die Erfassung blieb sowohl den Betroffenen als auch den z.B. daneben sitzenden, nicht Betroffenen im Wesentlichen unbemerkt.
2. Die Erfassung erfolgte ohne Einverständnis der Betroffenen.
3. Ein Muster bei der Auswahl der Erfassten war nicht erkennbar; die Phänomene betrafen Personen beiderlei Geschlechts, verschiedener Nationalität, unterschiedlichen Alters.
4. über die Art der Erfassung: Auf bisher noch ungeklärte Art und Weise wurden in kleinen Dosen, Portionen, Mengen, – daher das mehrfache Auftreten des Phänomens, Bild-, Ton-, und Wortsequenzen an die Betroffenen übermittelt.
5. über das Verhalten der Sequenzen: Diese ordneten sich über Nacht in noch zu bestimmender Weise, bevor Sie

dann ihre Wirkung entfalteten. Ihr Wirkungskreis war die innere Sphäre, das Erleben im Traum.

6. Die zusammengefügten Sequenzen wurden nicht am Stück erlebt, sondern in mehreren Nächten nacheinander, in einzelnen Abschnitten. Die durch die Sequenzen vermittelten Inhalte waren bei allen Betroffenen ähnlicher Natur. Nicht mit Sicherheit zu bestimmen war, ob die vermittelten Inhalte von den Betroffenen selbst erlebt, ob Sie Ihnen erzählt wurden, oder ob Sie sich die Geschichte im Traume selber erzählten.

7. Das Vermittelte, Erlebte war dem bewussten Sich-Erinnern nicht zugänglich.

8. Die Wirkung der vermittelten Inhalte auf die vor bewusste Realität der Betroffenen: Die Wirkung oder die angestrebten Mechanismen der Wirkung wurden durch Zeichnungen belegt, die von den Betroffenen unter Hypnose erstellt worden waren. Die am häufigsten gezeichneten Symbole waren ein Schlüssel im Zusammenhang mit einem Schloss, geschlossene und offene Fens-

ter, sowie Gleis-, Signal-, und Weichen-
anlagen.

9. Die Wirkung der vermittelten Inhalte
auf die bewusste Realität, das persönliche Erleben der Betroffenen: Das Vermittelte, Erlebte, Erzählte war ursäch-
lich für die in vielen Fällen glaubhaft
bewiesene Irritation verantwortlich. Einige der Betroffenen brachten auch
den Verlust des Arbeitsplatzes, Autoun-
fälle und Ähnliches mit dem Phänomen
in Verbindung, beweisbar jedoch waren
solche Zusammenhänge nicht. Als Beispiel für vermittelte Geschichten, deren Inhalt durch die Hypnose zu Tage
gefördert wurde, mögen zwei Geschichten genügen. Die Geschichte
vom Gemeinwesen und das Erlebnis
des wieder entdeckten Gartens.

In dem von hohen Mauern umgebenen Gemeinwesen wucherten die durch Wald und
Wiesen zur Grenze hinführenden Wege im
Laufe der Zeit allmählich zu. Die Bewohner besiedelten nur wenige Orte; dass einmal die weitere Erschließung der Gebiete
über schon in Ansätzen vorhandene Straßen geplant gewesen, geriet in Vergessenheit. So wuchsen die Wälder, erblühten

die Wiesen, belebten sich Sümpfe und beschränkte sich das Leben, Handeln und Treiben der Bewohner auf nur wenige, benachbarte Orte. Und weiter und höher wuchsen Wälder und Wiesen zu natürlichen Grenzen heran, zeigten sich neue Farben und Formen, und wurden seltene Vögel heimisch, die zur Freude der Bewohner in Schwärmen die nun eng benachbarten Orte überflogen. So verging die Zeit. Bald erfassten die ersten Ausläufer des Gestrüpps auch die genutzten Flächen, nisteten die seltenen Vögel auch in den Orten, ließen sich der zunehmenden Farben- und Formenpracht der Wälder, Wiesen und Sümpfe immer neue Facetten abgewinnen. Es begann unmerklich, die bunt belebte, allmähliche Verdunkelung des Gemeinwesens.

Mit der Frage, ob nicht auch das wild wuchernde, in groteske Formen Hineinspielende, Sinn und Reiz haben könnte, brach Sie auf. Später musste Sie sich gestehen, jener Gegend über die Jahre hinweg kaum noch gedacht zu haben und selbst der Prozess des Vergessens hatte Sie nicht mehr beunruhigt. Im Gefolge dieser Einsicht löste sich dann gleichsam fort gesprengt auch die Erinnerung, so dass

Sie im weiteren Verlauf einige Male von dem eigentlichen Weg ab irrte. Das Geheimnis jener Gegend hatte ihr die Richtung gewiesen. Nicht weit vom Wege tat sich nach einigem Stolpern in unbekannte Stille hinein versinkend das Abgeschiedene auf. Es rauschte leise, ein unbestimmter Duft trieb Sie umher. So oft Sie auch kam, immer war es ein leichtes Wandeln in diesem Duft, von einem bläulichen Licht bezaubert, waren es still kostbar fort blühende Stunden. Dann verschlug es Sie für einige Zeit in ferne Gegenden. Es nebelte, als Sie zurückkehrte. In merkwürdig trüber Stimmung, die dem Dunst zu Grunde lag, fand Sie den Eingang nur mit Mühe. Was auch immer sich in der Zwischenzeit ereignet haben mochte, die Besuche verliefen anders als erhofft. Die fort blühende Begeisterung erfasste Sie wohl noch, verblasste dann aber schnell, seltsam müde, und schlich sich endlich davon, so dass es auch Sie in wachsender Unruhe früher als üblich zum Aufbruch drängte. So ging das einige Zeit, Sie kam nun seltener. Bei den Besuchen blieb das trüb Ernüchternde bestimmend, auch wenn die regelmäßig auftauchenden Nebel sich längst gelöst hatten. Hier und da blitzte es noch blau blühend in der zunehmend feuchten Luft, die ihr Verweilen nieder drückend schwer erträglich machte. Sie mühte sich zwar krampfhaft, zwingen aber ließ sich der Zauber nicht. Da die Besuche an Sinn verloren, gerieten Sie zu einer Pflicht, der gegenüber Sie sich noch unbestimmt verantwortlich fühlte. Ein gewisses Maß an Überwindung wurde nötig, und wurde notwendig, bis ihr endgültig der Weg zu weit und zu beschwerlich schien. Wenige Male trieb es Sie noch mit schweren Schritten, doch lag es nun in der späten Stunde des Aufbruchs begründet, war es der düster verhangene Himmel, oder hemmte Sie der schlicht herrschende, dumpfe Bann, dem ihr Entschluss förmlich entsprungen war, jedenfalls war ihr der Weg nicht mehr geläufig und wusste Sie nach schneller Umkehr auch nicht mehr genau, zu welchem Ziele Sie aufgebrochen. Nun aber stand Sie da, wie vor einem Abgrund. Seitdem Sie sich nicht mehr um den Garten gekümmert hatte, Dieser ohne Aufsicht schien und schon nach kurzer Zeit einen ungepflegten Eindruck machte, wurden von allen Seiten Abfälle jeder Art und kleineres Gerümpel über die halbhohen Zäune geworfen. Zunächst nur unmittelbar hinter die Umzäunung; hier waren die Ausmaße der Verschmutzung dergestalt, dass die vom Winde herbei gewehten Blüten im Bilde nur störten. Dann aber, da der Frevel unbemerkt blieb oder jedenfalls sichtbare Reaktionen Betroffener nicht zu verzeichnen waren, verteilte sich der Unrat über nieder gerissene Zäune hinweg, kreuz und quer und ohne Bedenken, das anfangs noch die Ausbreitung des Unheils begrenzte. Nun herrschten Lust und ein geheimer Trieb zur gänzlichen Verschmutzung, als könnten so die einstigen Skrupel samt der aufgehäuften Schande mit begraben werden. Mancherlei Flüssigkeit hatte sich entleert. Hier und da schimmerten ölige Lachen in der zwischen dichten Wolken auf blitzenden Sonne. Ein deutlicher Geruch von Fäulnis lag in der eigentlich frischen Luft. Außerdem war im Gefolge des Abfalls das Unkraut erschienen.

Doch nicht nur in der Art, die Sie von früher her kannte, und die nun auch im Unrat ihren Platz gefunden hatte. Immer herrschte in einem großen Teil des Gartens das Unkraut und alle Versuche diesen Zustand zu ändern waren gescheitert. Es ließ sich zwar mühsam beseitigen, konnte aber an der in kürzester Frist erfolgenden

Rückkehr nicht gehindert werden. So hatte Sie sich klug und mit wechselndem Erfolg darauf beschränkt, die Verbreitung über den wohl oder übel zugestandenen Raum hinaus zu unterbinden. Was Sie aber jetzt sehen musste, berührte Sie geradezu unheimlich; es waren aufgelöste Abfälle, die sich teilweise zu schwärzlichem Brei zersetzt vergiftend in die Erde mischten, und aus Denen die Saat des Unrates wuchs. So schlang sich aus dem schwärzlichen Brei ein Kraut in sanftem Gelb hinauf, das weiter oben zunehmend grell in schmutzig grauen Knospen endete, die ohne ein Aufblühen plötzlich zerfielen. Bei einer verwandten Art erblühten die Knospen, doch ging die Pflanze an dem süßlichen Geruch, den Sie verströmte, in der Folge selbst zu Grunde. Ein flechtenartiges Gewächs kränkelte farblos dahin und starb noch in der Entwicklung begriffen langsam ab, so dass der sterbende Teil die wachsenden Triebe vor sich her hetzte. Von den erstarrten Ranken tropften geringe Mengen einer grünlichen Flüssigkeit, aus Denen die nächste Flechte entstand, ebenso kränkelnd wie die Vorige. Jede dieser Pflanzen dehnte sich einige Schritte weit und ein Ende der Vermehrung war nicht absehbar. So also war es um den Garten bestellt.

So weit die Ergebnisse der Untersuchung. Auch nach der teilweisen Aufdeckung der Phänomene blieben Urheber, Art- und Wirkungsweise der Erfassung sowie die eigentliche Zielsetzung weitgehend im Dunkeln. Man konnte nur Vermutungen anstellen. Die Art der Erfassung, also die angewandte Technik zur Übermittlung der Inhalte sollte im weiteren Verlauf den Forschungsschwerpunkt bilden, da man sich von der Aufdeckung der Mittel und Methoden Rückschlüsse auf die Urheber der Mittel und Methoden erhoffte. Zusätzliche Wissenschaftler mit entsprechend ausgewiesenem Sachverstand sollten angeworben werden, die dafür nötigen, öffentlichen Mittel wurden beantragt. Arbeitsgruppen wurden gebildet zur Entschlüsselung jener unbestimmbaren, mathematischen Figur und zur Überprüfung jener vermeintlich kausalen Zusammenhänge, z.B. den Verlust des Arbeitsplatzes, die einige der Betroffenen hergestellt hatten. Zu der Zielsetzung der Erfassung gab es z.B. folgende Thesen. Die erste These gründete sich auf die unter Einwirkung von Hypnose häufig formulierte

Erfahrung, vor Beginn der Geschichte habe sich aus dem Dunkeln ein freundlich winkender, heller Schatten gelöst; eine Erscheinung, die jeweils schnell vorüber ging. Dem freundlichen Winken maß man die Absicht einer beruhigenden Wirkung zu. Bedachte man nun in diesem Zusammenhang, dass die Übermittlung der Sequenzen und die Vermittlung der Inhalte in kleinen Schritten erfolgte lag die Vermutung nahe, die Erfassung sollte in verträglichen Portionen gestaltet werden, auf Verträglichkeit angelegt die Betroffenen nicht überfordern. Demnach stellten die Phänomene keinen feindlichen Ein- oder Angriff dar, sondern waren als Akt der Freundlichkeit zu werten. Daraus ergaben sich zwangsläufig Fragen nach dem Sinn der Freundlichkeit. An diesem Punkte setzte eine noch weitergehende These an. Danach handelte es sich bei den Phänomenen zwar um einen Akt der Freundlichkeit, einen Akt der Gnade, doch sei er nicht etwa spielerischer Natur, sondern im Sinne einer letzten Aufforderung, einer letzten Warnung erfolgt. Was aber habe sich daraufhin in dem Denken, dem Verhalten der Erfassten verändert? Nach allen bekannten Aussagen zu schließen sei die Ir-

ritation der Betroffen teilweise beträchtlich, das Ausmaß der Veränderung hingegen unerheblich, bzw. verschwindend gering gewesen. Dieser Befund schien glaubhaft, auch wenn man mit in Betracht zog,
dass die Befragten, etwa aus Gefühlen der
Scham heraus, unabhängig von der Hypnose nicht alle der Wahrheit gemäß geant-
wortet hatten. Und da nun, so die These,
die Ratschläge nicht spürbar beachtet
worden waren, sei, eventuell, nach kurzer
Bedenkzeit, das große Missgeschick die
Folge gewesen. Genau hier setzte eine
weitere These an. Es wäre ungerecht, nur
begründet auf das angebliche Fehlverhal-
ten der Erfassten die kollektive Strafmaß-
nahme einzuleiten; zumal die Erfassung ja
nur eine schwer zu beziffernde, größere
Gruppe betroffen und betroffen gemacht
hatte, und jedenfalls, gemäß den Erhebun-
gen, nicht die Mehrheit. Das wesentlich
Ungerechte aber war mit einem Akt der
Freundlichkeit, einem Akt der Gnade,
nicht in Einklang zu bringen. Dazu kam
Folgendes. Die Erfassung war in willkürli-
cher Auswahl ohne Einverständnis der Betroffenen erfolgt. Die eingedrungenen Inhalte zweifelhafter Natur waren für die
teilweise beträchtliche Irritation der Be-

troffenen verantwortlich. Verantwortlich und verantwortungslos, bedachte man die, wenn auch nicht exakt zu beweisenden Erlebnisberichte, nach Denen die Irritation als Folge der Phänomene zum Verlust des Arbeitsplatzes, Autounfällen, und Ähnlichem geführt hätten. Wo war hier der angebliche Akt der Freundlichkeit, der Akt der Gnade? Welche Ziele wurden wirklich verfolgt? Die auf noch unbekanntem Wege vermittelten Sequenzen, bzw. Inhalte waren als feindlich eingedrungenes Gedankengut zu betrachten.

Mit dem ersten Ziele das Bestehende in den Köpfen zu unterminieren sollten vorhandene Meinungen, Stimmungen unterhöhlt, ja förmlich untergraben werden. So herrschte in den Köpfen der Betroffenen eine Art von Kriegszustand; es war in dieser These die Rede von Feldzügen und Stützpunkten, Gefangene wurden gemacht oder nicht gemacht. Zweites Ziel sei über die Veränderung in den Köpfen auch das Verhalten der Betroffenen zu verändern, was letztlich zu einer Veränderung des Staates führen würde. Gemäß den verschiedenen Theorien spaltete sich die Forschungsgemeinschaft in verschiedene Gruppen. Die Gruppe, die von einem Akt der Gnade ausging schloss von der einmal gewährten Gnade auf weitere, mögliche Gnadengewährungen, Gnadenerlasse. Hatte die fehlende Veränderung, Denken und Verhalten der Erfassten betreffend, in der Konsequenz zum großen Missgeschick geführt, galt es nun, das Versäumte nachzuholen. Ziel war die Erwirkung eines weiteren Gnadenaktes; die Rücknahme des verhängten Missgeschicks. Erste Maßnahme war deshalb die Verbreitung der erzielten Forschungsergebnisse. Mit der Verbreitung einher ging das ernsthafte Werben für die aufgestellte Theorie. Die Gruppe der Hartnäckigen kam zu dem Schluss, es handele sich bei den Phänomenen um einen feindlichen Ein- und Angriff, es sei der Versuch einer feindlichen Übernahme. Die Urheber, bzw. Anstifter dieser Übernahme suchte die Gruppe von Anfang an im dunklen Feld der Nörgler und Verdächtigen.

Nach weiteren Untersuchungen mittels Hypnose, die keine wesentlich neuen Erkenntnisse brachten, wurden in der Forschung neue Schwerpunkte gesetzt. So befragte man systematisch Bürger an der Haustür unter dem Deckmantel eines Meinungsforschungsinstitutes. Zielsetzung war das Aufspüren von Verdächtigen, Vorgehensweise die Befragung Betroffener unter einem Vorwande, und damit konzeptionell verbunden, Die Sensibilisierung der Bevölkerung für verdächtige Verhaltensweisen und Äußerungen. So besuchten Mitglieder der Gruppe systematisch ausgewählte Veranstaltungen, erkundete man vorsätzlich unverkabelte Haushalte sowie Solche, in Denen angeblich die entsprechenden Geräte fehlten, befragte dann die potentiell Verdächtigen, schriftlich oder per Telefon. Alles unter dem Vorwand einer Umfrage, einer zu erstellenden wissenschaftlichen Arbeit, dabei Gratisproben einer Gebäckfirma und Gutscheine für Kinobesuche verschickend. Immer kreisten die Fragen sich geschickt verschleiernd um die so schlagartig veränderten Umstände, bezogen sich auf das Verhalten Betroffener vor und nach dem großen Missgeschick. Verhinderte das Misstrauen der Befragten ernsthafte Auskünfte oder fanden sich den Anfangsverdacht bestätigende Aussagen, überprüfte man die auffällig Gewordenen persönlich.

In der Analyse stellten sich verstärkt die Fragen nach Gewichtung und Beurteilung der Hinweise, denn die Zahl der Verdächtigen war größer als erwartet. Neben den vorsätzlich nicht Verkabelten, den Haushalten ohne entsprechende Geräte, den Haushalten mit Geräten kleineren Formates und Solchen mit farblicher Beschränkung, gab es auch Hinweise auf Betroffene, die offen über eindeutige Ahnungen gesprochen hatten, die angesichts der veränderten Umstände einen gleichgültigen oder nur wenig überraschten Eindruck machten, die nie an Veranstaltungen teilgenommen hatten. Beobachtet wurden stille Genugtuung, geheime Triumphe, versteckte und offene Freude, einlauteres Lachen seitdem und Ähnliches. Mancher entzog sich mit oder ohne zweifelhafte Argumentation dem nachbarlichen Gespräch über die entstandenen Probleme. Es schien unmöglich, jedem einzelnen Hinweis nachzugehen; man konzentrierte sich deshalb auf die mehrfach Verdächtigen. Schnelle Erfolge blieben aus, das Gebot strenger Geheimhaltung wirkte zermürbend. Es kam zu einer teilweisen Auflösung und Spaltung der Gruppe in kleinere Verbände, die sich jeweils auf einzelne Aspekte und ausgewählte Methoden konzentrierten. So führte der anfängliche Misserfolg zu Spaltung und Spezialisierung, und Diese dann, durch die Konzentration auf bestimmte Phänomene, zu ersten Erfolgen. Die Gegner und Kritiker der Hartnäckigen, die in verschiedenen Lagern zu finden waren wiesen zunächst auf die Zielsetzung hin, mit der die Gruppe ihre weitergehenden Forschungen begonnen hatte. Der Gruppe galt als ausgemacht, Sie hatte Dies auch öffentlich mehrfach geäußert, es war also kein Geheimnis, dass Sie die Urheber und Anstifter für die besprochenen Phänomene, das große Missgeschick und die damit verbundene, verhängnisvolle Entwicklung in dem dunklen Feld der Nörgler und Verdächtigen suchte. Nun war jeder willkommen, der sich um Aufklärung bemühte, es schien aber doch bedenklich, mit dergestalt vorgefasster Meinung in die Forschungen zu gehen. Der Verdacht lag nahe, man werde aus dieser Grundstimmung heraus nur das finden, was man finden wollte, und bei Art der Untersuchung sowie der Analyse der Ergebnisse berechtigte Zweifel nicht zulassen, da Sie der formulierten Theorie der Verschwörung widersprechen, das Erreichen des Zieles, die Aufdeckung eben jener Verschwörung gefährden konnten. Ging es der Gruppe der Hartnäckigen wirklich um Aufklärung des alle bedrückenden Sachverhaltes oder spielten auch andere Dinge eine Rolle? Unabhängige Stimmen außerhalb der Forschungsgemeinschaft äußerten trotz der mittels Hypnose zu Tage geförderten Erlebnis- und Erfahrungsberichte, bei deren Betrachtung sich allerdings verblüffende Gemeinsamkeiten zeigten, gut begründete Zweifel dahingehend, ob die Phänomene überhaupt stattgefunden hatten. Natürlich beeindruckten die dokumentierten Ergebnisse, etwa was die grundsätzliche Ähnlichkeit der vermittelten Inhalte und deren Wahrnehmung durch die Betroffenen betraf, auf den ersten Blick. Wie aber stand es z.B. mit der angewandten Methode, der Hypnose? Viele der mit dieser Technik Befragten gaben nach Ende des Eingriffes, wenn Sie das Ausgesagte noch einmal durchlesen und abzeichnen sollten an, dass Sie nur wenig damit anfangen könnten, zeigten sich überrascht, zögerten mit der Unterschrift. Ein bewusstes sich erinnern an die vermittelten Inhalte war den Betroffenen nicht möglich. Dass Ihnen von den behandelnden Ärzten etwas suggeriert wurde, war praktisch auszuschließen. Die Öffentlichkeit nahm regen Anteil an den Untersuchungen, deren Sitzungen Sie teilweise beiwohnen durfte, die erzielten Einnahmen kamen der Untersuchung zu Gute. Die Forschungsgemeinschaft war ja, im Zuge der Veränderungen, von dem Verein der vermeintlich oder tatsächlich Irritierten mit der Untersuchung beauftragt worden. Sprach nicht die Gründung des Vereins schon für sich? Wie musste die allgemein herrschende Stimmung beschaffen sein, wenn man sich in der Namensgebung dergestalt hinreißen ließ?

Akt der Gnade oder feindliche Übernahme; war nicht die Möglichkeit wahrscheinlicher, dass der seit dem großen Missgeschick herrschenden Hysterie nicht nur Gründung und Namensgebung des Vereins, sondern auch die vermeintliche oder tatsächliche Irritation entsprang? Demnach würde es sich um Einbildung, um eine rückwärts gewandte Projektion handeln, mit dem Ziel, die jetzigen verwirrenden, persönlichen Zustände zu rechtfertigen.

9. Die Verfolgung der Einzelnen

Es folgen nun Beispiele für das Wirken der Hartnäckigen. Ein Betroffener hatte bei einer Befragung angegeben, dass er Zufälle sammle. Als man ihn daraufhin besuchte führte er die Gäste ohne Bedenken in ein spärlich beleuchtetes Zimmer. Hier standen gläserne Behälter in langer Reihe auf dem Regal, mit schwarzem Samt unterlegt, in dem silbrige Fäden glänzten. Ein schlichter Stuhl stand in der Mitte, von den Wänden her drückte Dunkelheit in den Raum. Als man dann im Wohnzimmer Platz genommen, fragte ihn einer der Verhörenden, wie er denn zum Sammler geworden sei, was ihn bewogen habe. Er persönlich habe früher Briefmarken gesammelt und bedauere es immer häufiger, dass aufgrund beruflicher Überlastung nur mehr wenig Zeit für die ihn nach wie vor fesselnde Leidenschaft bleibe. Der Betroffene sagte aus, längere Zeit achtlos darüber hinweg gegangen zu sein. Später hätte er dann hier und da für Augenblicke verharrt, damals aber noch nicht an das mit Federn gefüllte Kissen gedacht, auf dem er des Nachts ruhte. In der Folge habe er, wenn der Fall eintrat, seine

Schritte halb lächelnd, doch nicht ohne Bedauern ausweichend beschleunigt, oder den Blick gesenkt, oder sich hastig nach verschiedenen Seiten umgesehen. Wer dann die Späher beauftragt, wisse er bis heute nicht. Die Späher, so fragte man, sehr aufmerksam, ob er einen Verdacht habe, jede Beobachtung könne nützlich sein, auch wenn Sie ihm persönlich unwichtig erscheine. Jedenfalls seien Wege gesperrt, Signale umgesetzt und Weichen verschoben worden. Man blickte ihn vorsichtig skeptisch an, gab sich aber keine Blöße. In der allgemeinen Behinderung der Abläufe aber irrten auch Unbeteiligte; es sei eine gewisse Unruhe entstanden.

Die Erspähten wurden sämtlich in tiefe Wasser gedrängt; tiefe Wasser, die ständig bedrohlich alle Wege umgaben, – und hätten von dort aus ihre Kreise gezogen. In der sich anschließenden Phase habe er rückblickend wohl jener legendären Gestalt geähnelt, von der es in der Überlieferung hieß: Sie sei kreuz und quer und suchend von Hindernis zu Hindernis gelaufen, dabei sehr ernsthaft, auf das günstige Ungefähr vertrauend, nach jeder Überwindung erleichtert und enttäuscht zugleich. Dieses war der erste Hinweis auf mögliche

Hintermänner; man hütete sich aber, sofort an diesem Punkte nachzuhaken. Stattdessen fragte man nach dem zur Rede stehenden Verhältnis; ob er durch jene Gestalt beeinflusst wurde?

Er bejahte. Er sei nun stehen geblieben, nachdem er es stockend hervorgebracht nicht wieder erkannte, hatte es mal von der Einen, und mal von der anderen Seite besehen, kniete, wenn es zerronnen, und suchte nach verbliebenen Spuren. Aus heutiger Sicht habe er durch solche Erlebnisse beeinflusst zu einem verdunkelnden Schritt geneigt, bekam hierin wider Willen eine gewisse Routine, firmierte wohl unter Freunden und Bekannten als Träger der Verdunkelung. Nur einer vorbereitenden Schulung auf dieses Gespräch verdankten es die Verhörenden, dass Sie die Geduld nicht verloren. Das eigentliche Ziel weiterhin fest im Auge wurden Sie dafür auch sogleich belohnt, als er nämlich wieder eine so genannte legendäre Gestalt für die Erläuterung seines Handelns heranzog. Von Dieser war überliefert:

Sie sei eine Mauer entlang gegangen, die so weit, wie das Auge reichte, und die größtenteils in Trümmern lag. An einigen Stellen bildeten ineinander gefallene Steine treppenartige Vorsprünge, nur wenige Teile standen unbeschädigt. Genau an diesen Punkten aber hielt die Gestalt regelmäßig inne und suchte Sie kletternd zu überwinden. Näheres über Aussehen und Hintergründe der Gestalt konnte er auf Nachfrage nicht berichten.

Er persönlich aber, − so ging die Zumutung weiter, habe immer wieder eine Gegend aufgesucht, in deren unzugänglichen Schluchten jene sagenhafte Höhle vermutet werde. Hatte ihn jemand dorthin begleitet?

Er verneinte und gestand, laue Reden in Richtung jener Höhle geführt zu haben, auch Steine und Äste benutzend, das schon entfachte Feuer allerdings habe er wieder ausgetreten. Wer hatte ihn nun auf die angebliche Existenz der Höhle hingewiesen? Hierauf schwieg er, hüstelte verlegen; einer der Verhörenden ballte die Fäuste unter dem Tisch. Zum ersten Male zeigte er sich unsicher, ein Verhalten, das die Verhörenden hellwach werden ließ und für den bisher gehörten Unsinn entschädigte. Fast kameradschaftlich fragte man ihn nach den Reaktionen in jener Höhle.

Einige Vögel seien aufgeflogen, Steine in die Tiefe gepoltert, verifizierbare Reaktionen habe es nicht gegeben; fürs Erste jedenfalls. Fürs Erste? Wiederum schwieg er, bedrängt, wie es schien.

Einer der Verhörenden entschuldigte sich für den plötzlichen Einfall, — er wisse selber nicht, wie er nun gerade jetzt auf so etwas komme, gab dann aber doch einige Details seine frühere Sammelleidenschaft betreffend zum Besten, auch die besorgte Ehefrau erwähnend, worauf alle miteinander herzlich lachten; und noch scherzhaft abwinkend, halb im Lachen, fragte er nach dem Fortgang seiner Sammelleidenschaft. Das Verhältnis habe sich im Laufe der Zeit grundsätzlich verändert. Regelmäßig trieb ihn nun Ungeduld seltsam gerüstet auf die fast verblichenen Spuren jener Späher, auch über Scherben hinweg, die noch als Zeugnis an vormals errichtete Sperren mahnten. Als er es in dieser Atmosphäre antraf, zerfiel es augenblicklich in zwei Teile. Nach kurzer Betrachtung schien ihm, Dieses nun sei die eigentliche Gestalt, und die vorige Form nur Täuschung. Hatte er einen Verdacht, wer ihn da täuschte, betrog; jeder Hinweis, jede Beobachtung könne nützlich sein, auch wenn

Sie ihm persönlich eher belanglos vorkomme. Er verneinte bedauernd. Dann seien die Teile weiter zerfallen, und wieder, er sah den Verhörenden scheu ins Gesicht, erschien ihm die jetzige Form als die Eigentliche, die Zweigeteilte hingegen als Täuschung. Durch Ereignisse dieser Art beeinflusst sei er allmählich zum Sammler geworden, sagte er und schlug die Augen nieder. Endlich! Die Verhörenden atmeten hörbar auf, für Momente ihre Disziplin vernachlässigend, hatten sich aber umgehend wieder unter Kontrolle. Ob man das Fenster kurz öffnen könne? Alle Beteiligten waren dankbar für die folgende Unterbrechung, in der er die Gäste ohne Bedenken wieder in das spärlich beleuchtete Zimmer führte. Nicht ohne Stolz wies er auf eines der Gefäße mit siebähnlichem Untersatz hin, in dem er nach eigener Angabe Ereignisse zu schütteln pflegte, um das Lose des Sinns zu extrahieren. Ohne Frage sei er ein Sammler und Hüter von seltenen Schätzen, so sagte man anerkennend, wobei ja der Wert der Sammlung im Laufe der Zeit noch steigen könne; man wies auf einige Briefmarkenserien hin, wo ein vergleichbares Phänomen zu beobachten sei. So endete der erste Besuch, das erste Verhör.

Ebenso betroffen war eine Frau, die sich in verdächtiger Weise über die so genannten Löcher im Tagesablauf, die so genannte Langeweile geäußert hatte. Bevor Sie einvernommen wurde, verging ein Tag mit Beratungen über Art und Weise der Einvernahme. Sollte man ihr für den Fall, dass Sie wahrheitsgemäß aussagte, eine hohe, angemessene Belohnung in Aussicht stellen? Sollte man ihr das Leiden der wesentlich vom Ausfall Betroffenen vor Augen führen, das Sie durch ihre Aussage mildern könne und Sie auf diese Art erweichen? Oder sollte man sich als Femegericht vorstellen, und mit furchtbaren Konsequenzen bei einer Verweigerung drohen, etwa der öffentlichen Preisgabe ihrer Selbst in Schimpf und Schande? Was aber, wenn Sie gerade darauf bedacht war, es darauf anlegte?

Und was war überhaupt einer Person zuzutrauen, die vermutlich für das große Missgeschick verantwortlich, mitverantwortlich war? Welche Mächte wirkten hier, was war zu befürchten? Man entschied sich für das klassische Prinzip, "hart in der Sache, mild in der Ausführung"; wobei man eine weitreichende Legitimation für das eigene Tun und den Besitz erheblicher Kompetenzen und Machtbefugnisse durchblicken lassen wollte. So erschienen zu dem Termin, der für die frühe Morgenstunde anberaumt wurde, Vertreter aller Altersgruppen, die ausgewählte Berufe repräsentierten. Einige frisch gewaschene Kinder waren dazwischen, ein älteres Ehepaar von zwei Pflegern gestützt und begleitet, ein Priester, ein Soldat, ein Unfallopfer mit weißem Kopfverband, einige Handwerker, eine Ärztin, und Vertreter ausländischer Minderheiten. Nach einer allgemeinen, gegenseitigen Begrüßung führte man Sie in ein Nebenzimmer, das durch Spiegelwände von außen einsehbar für diesen Zweck entsprechend eingerichtet worden war. Dem höflichen Geplänkel zu Beginn folgten schnell vorsichtig formulierte Fragen zu ihrer Einschätzung, die vorübergehend entstandenen Probleme betreffend. Welcher Theorie neigte Sie am ehesten zu, was bedeutete der Ausfall für Sie persönlich, und Ähnliches mehr. Begründet wurde das Interesse mit der Wertschätzung für ihre ungewöhnlich reife Persönlichkeit; man gab der Hoffnung Ausdruck, aus ihrem Wissen Gewinn für die eigene Notlage zu ziehen. Wohl beeindruckt durch die äußeren Umstände zeigte sie sich zugänglich. Es kam zu Tage, und den Verhörenden lief es eiskalt den Rücken hinunter, dass der vorübergehende Ausfall Sie persönlich nicht so sehr getroffen habe, da der Kontakt zum Medium schon vor längerer Zeit abgebrochen sei. Warum Dieses geschehen erklärte Sie nicht, man hütete sich auch, jetzt direkt nachzuhaken, um ihr Misstrauen nicht zu erregen. Zweifellos war man auf der richtigen Spur; Sie hatte den Kontakt abgebrochen, das konnte natürlich jene unbegreifliche Leere erklären, von der Sie im ersten Gespräch erzählt hatte. Man dankte für ihre Offenheit, reichte die vorbereiteten Getränke und etwas Gebäck. Nun berichteten die Verhörenden von ihrer Einschätzung, die vorübergehend entstandenen Probleme betreffend. Die Stimmung war ernst, der Ton sehr sachlich; da stürmten plötzlich zwei Kinder in das Zimmer. Nachdem Diese den Raum unter Gelächter wieder verlassen hatten, stellte einer der Verhörenden die beiläufig klingende Frage, — dabei noch den Kindern nach winkend, wo Sie denn in der fraglichen Zeit des abgebrochenen Kontaktes eigentlich gewesen sei, was Sie gemacht habe; bot ihr gleichzeitig Gebäck aus einer silbernen Schale an, während die zwei anderen Verhörenden halblaut einige private Sätze austauschten. Im Folgenden sprach Sie ohne Bedenken über die so genannten Löcher im Tagesablauf, kürzer oder länger andauernde Phasen der so genannten Langeweile, die sich öden Flächen gleich vor einem auftäten. Sie habe Diese als das dumpf Widrige empfunden, bedrückende Stille habe geherrscht, in die hinein sich blödes Raunen mischte und die Atmosphäre zu Mauern der hastigen Umkehr verdickte. Die Löcher als öde Flächen, in die Mauern hineinwüchsen, die Mauern als Stätten der Umkehr, ob er das so notieren könne? Sie nickte, er schrieb. Es gebe die Vermutung, so fuhr er fort, dass sich in den von ihr beschriebenen Mauern auch das soeben Zurückgelassene spiegele; ob Sie das bestätigen könne? Ja, auch Sie hatte dergleichen gesehen, die Spiegelung befördere die sofortige Umkehr. Dann schwieg Sie, ein bisschen in sich zusammengesunken, und in schiefer Haltung die nächste Frage erwartend.

Der Wortführer der Verhörenden rückte ein wenig näher an Sie heran. Warum Sie denn an jenem Punkte nicht umgekehrt sei? Niemand schürfe sich freiwillig an Mauern die Finger blutig, kehre zudem bei späterer Gelegenheit erneut und besser ausgerüstet zurück, ruhe nicht, bis die Mauernüberwunden und treibe sich daraufhin regelmäßig in der Ödnis herum; die Mauern hätten doch ihren Sinn, das sei allgemein anerkannt. Der Verhörende sprach jetzt sehr leise und eindringlich. Sei Sie vielleicht wieder und wieder hinein gezogen worden, angelockt oder vielmehr hinein gelockt durch irgendetwas, noch zu Bestimmendes; so dass Sie nicht habe widerstehen können, im Grunde also schuldlos gegen ihren Willen vom rechten Wege abgekommen, in eine Falle geraten, in die wohl Andere auch geraten wären? Oder sei Sie von Außen getrieben, vertrieben worden, so dass Sie nicht anders habe handeln können; mit einer großen Bedrohung im Rücken sei ihr wohl das Ödland als einzig mögliche Rettung erschienen, wenn das auch für ihn im Moment, das müsse er gestehen, nicht nachvollziehbar sei. Er machte eine kurze Pause, legte das Schreibgerät aus der Hand und rückte noch näher an Sie heran. Ob Sie auf der Flucht gewesen sei? Was auch immer Sie getan habe, angesichts der vorübergehend entstandenen Probleme könne all Dies zunächst vernachlässigt werden. Versprechen könne er Nichts, doch dürfe Sie ihm glauben, dass Offenheit ihrerseits ihr später nicht zum Schaden gereichen würde; man sei an Aufklärung interessiert und würde Diese auch entsprechend honorieren. Nein, auf der Flucht sei Sie nicht gewesen, nicht direkt. Nicht direkt? Nicht direkt; doch sei Sie auf ihren Wegen vielen Flüchtigen begegnet, wobei nicht zu unterscheiden gewesen, ob es sich um Flüchtige aus Leidenschaft oder um zwanghaft Flüchtige gehandelt habe. Sie aber habe Steine der Mühsal, die ihren Weg beschwerten, aufgenommen und gegen jene Mauern geschleudert.

Ob Sie wisse, ob ihr bewusst geworden sei, was Sie damit angerichtet habe? Nach weiterhin mühsamer Befragung ergab sich das folgende Bild. Ihrer Aussage nach müsse sich im ersten, innersten Bezirk der Ödnis etwas einem magnetischen Pole Ähnliches befinden, dem Sie über alle Widrigkeiten hinweg zustrebte und wohl zustreben musste. Diesem Pole müsse also in ihrer Person etwas entsprechen, das bei ihr wohl stärker ausgeprägt sei als bei Anderen, Denen Sie ebenfalls ein solches Potential der Möglichkeit nach zuordne. Rätselhaft blieb ihre stammelnd hervorgebrachte Aussage, es handele sich hier, wobei das Hier nicht näher bezeichnet wurde, um das verschleiert Wirkende, und habe Sie nach dem Schleier gegriffen, sei Nichts darunter gewesen . Dann wiederholte Sie mehrfach, nur unterschiedlich formuliert, die öden Flächen seien ihr manchmal wie Löcher gewesen, durch die eine gewisse Klarheit hindurch scheine. In der anschließend stattfindenden Beratung setzte sich zunehmend die Meinung durch, dass ihre Aussagen, mochten Sie auch offensichtlich kranker Phantasie entspringen, doch in Teilen bedenklich und gefährlich seien. Denn die herrschende, allgemeine Notlage sei ja nur eine zeitweilige Störung, eine vorübergehende Eintrübung, im Maßstab der Geschichte nur ein kurzes Flackern; an der eigentlichen Ordnung, den eigentlichen Prioritäten ändere Sie Nichts und deshalb gelte es, die Mauern als Mauern und das Ödland als Ödland zu bewahren; was im Laufe der Zeit hart erarbeitet worden sei und sich als feste Größe bewährt hätte, das müsse geschützt werden, in diesem Punkte waren sich alle einig. Auch wurde der Verdacht geäußert, ihre Aussagen seien wohl nicht vollständig gewesen, Sie verberge Etwas, man müsse Sie weiter befragen. Das Vertrauen sei hergestellt, die Aufklärung müsse eine Vollkommene sein, die Wahl der erforderlichen Mittel sei in diesem Zusammenhang nebensächlich. Also setzte sich das Verhör mit peinlich anmutenden Fragen zu den angesprochenen, so genannten Löchern im Tagesablauf fort. Von diesem Tag an ließ man Sie überwachen. Mitglieder der Gruppe der Hartnäckigen hatten entsprechende Erfahrungen und stellten Diese selbstlos in den Dienst der Sache. Die Befragte bildete vorerst die einzige, Erfolg versprechende Spur, betrieb gefährliche Studien und gehörte ohne Zweifel in das dunkle Feld der Nörgler und Verdächtigen. In welchen Kreisen verkehrte Sie?

Mit wem besprach Sie sich? Wie war die Verbindung der Renegaten untereinander geregelt? Wie strukturiert? Wer finanzierte die Forschungen, von Denen Sie berichtet hatte? Gab es Verbindungen zu anderen Gruppen? Welche Zeitungen las Sie und welche nicht? Trank Sie ihren Kaffee schwarz? Nahm sie ärztliche Hilfe in Anspruch? Es gab also viele berechtigte Fragen und man scheute weder Zeit noch Mühe, angetrieben von einem missionarischen Eifer, im Dienste einer Aufgabe, die von einigen als geradezu heilig empfunden wurde. Nachdem die ersten Tage der Überwachung ergebnislos geblieben waren, und vermehrt Gerüchte über einen nahe bevorstehenden Verrat des Projektes kursierten, beschloss man im engsten Kreis, die Dinge nun mit aller Macht zu forcieren. Man leitete die mit manchen Risiken verbundene Demoralisierung der Betroffenen ein. Eine Kolonne von Handwerkern machte sich an der Fassade des Hauses zu schaffen, errichtete ein Baugerüst, das ihr mit grünen Planen behängt die Sicht versperrte, raubte ihr mit Hämmern und Bohren die Ruhe, zwang die Empfindliche aus dem Haus, nahm ihr das Rückzugsgebiet. Man stellte unter Vorwänden zu bestimmten, vorher angekündigten Zeiten Strom und Wasser ab; hielt aber die vereinbarten Fristen nicht ein, so dass Sie zur Klärung des Sachverhaltes den Kontakt mit den Betreffenden aufnehmen musste. Diese hatten Weisung, ihr möglichst unfreundlich zu begegnen und Sie durch anzügliche Bemerkungen einzuschüchtern. Ihr Kommen und Gehen wurde regelmäßig von scheinbar zufälligen Begegnungen begleitet, die für Sie allerdings nach einigen Tagen den zufälligen Charakter verloren. Traf Sie doch die Handwerker auch bei Besorgungen, im Supermarkt, auf Spaziergängen, in einem zahnärztlichen Wartezimmer, und wenn Sie spät nachmittags ermüdet mit dem Bus zur Arbeit fuhr; an morgendliches Ausschlafen war nicht mehr zu denken. Ein Teil der für Sie bestimmten Post verschwand, fand sich geöffnet in anderen Briefkästen wieder, und wurde ihr von einem neuen Nachbarn mit spöttischer Miene überreicht. Briefe, die Sie selbst schrieb, und in Denen Sie von ihrer seltsamen Lage berichtete, erreichten die Adressaten nicht. Der Nachbar neben ihr, mit dem Sie durchaus Sympathie verband, hörte plötzlich stundenlang Musik, obwohl Dieses nie seine Gewohnheit gewesen war. Vom vierten Tage an wurde Sie in regelmäßigen Abständen von Leuten unterschiedlichen Alters, auch Kinder waren darunter, besucht, die vorgaben, sich in der Adresse oder in der Tür geirrt zu haben. Ganz zu schweigen von dem Essensdienst, der Sie fälschlich belieferte, dem

Speditionsunternehmen, das ihre Möbel abholen wollte, dem Notarztwagen, der ihrem angeblichen Notruf nach kam und Sie zweimal aus dem Schlafe riss, und den vermeintlichen Mitarbeitern des Hauseigentümers, die nach ihrer nie ausgesprochenen Kündigung die Wohnung besehen wollten und die Sie schwer ermüdet ab wimmeln konnte. Am sechsten Tage erschienen, auf die Klage hin, die Sie bei der örtlichen Polizeidienststelle telefonisch vorgebracht hatte, mehrere Beamte in Zivil, um den Sachverhalt näher zu untersuchen. Die anwesenden Hausbewohner und Handwerker wurden befragt, die Ergebnisse der Untersuchung wurden ihr gemeinschaftlich vorgetragen. Es stellte sich heraus, dass Sie im Hause nicht beliebt sei, dass ihr manches vorgeworfen werde, dass Viele ihr einiges zutrauen würden; das Verhältnis der Hausbewohner zu den Handwerkern sei ein Freundschaftliches, an deren Verhalten nur wenig auszusetzen. Niemand hatte je fälschlicherweise Essen bekommen und das Heulen der Sirenen von jenem Notarztwagen hätte nicht nur ihr den Schlaf geraubt. Daraufhin untersuchte man die Wohnung der apathisch Gewordenen und verbrachte Sie zwecks Aufnahme eines Protokolls in ein eigens dafür hergerichtetes Bürogebäude, in dem Sie von der Prozedur völlig erschöpft auch die Nacht verbringen musste.

Neue Erkenntnisse wurden nicht zu Tage gefördert, die Taktik der Demoralisierung war zu gleichen Maßen erfolgreich wie erfolglos gewesen, allgemeine Ratlosigkeit machte sich breit, eine Sondersitzung der Gruppe wurde einberufen. Gerüst und Handwerker verschwanden, das Misstrauen der Nachbarn blieb, und die Betroffene bezog eine neue Wohnung.

10. Das Abblättern der Fassade

Als Beispiel für das Erleben im Schatten des Nicht-Erleuchteten die Geschichte vom Abblättern der Fassade. Ein Betroffener erzählte Sie im Laufe einer Gesprächsrunde. Die Apparatur, die mechanisch in einstellbaren Zeitabständen durch das Heben oder Senken verschiedener Matratzenteile eine jeweils sinnvolle Lagerung des Körpers gewährleistete, summte leise, es roch nach frischer Wäsche. Kurz zuvor hatte eine Schwester die Funktionsfähigkeit des Tropfes überprüft, der Patientin die Hand auf die Stirn gelegt, und den schwarzen Plastikmüllbeutel, in dem einige entleerte Flaschen flüssiger Fertignahrung lagen, gegen einen Neuen ausgetauscht. Ein längliches Kissen im Rücken, in das Sie schräg hinein gerutscht war, ein Kissen unter dem Kopf, die strähnigen Haare leicht aus der Stirn gebürstet, entsprechende Felle zwischen den Knien und Fersen, die ein Wundliegen verhindern sollten, lag Sie bis zu den Schultern mit einem weißen Flügelhemd bedeckt, atmete hörbar kurz und flach, den vertrockneten Mund weit geöffnet, mit halb geschlossenen Augen. Auf dem Nachttisch lag neben der Lampe eine zweiseitige, schriftliche Information der Heimverwaltung über bauliche Maßnahmen in einer angrenzenden Abteilung, die in der nächsten Woche beginnen sollten. Das gegenüberliegende Bett war nicht belegt, an der Wand lehnte unter dem vergilbten Druck einer Heidelandschaft ein zusammengeklappter Rollstuhl. Er hielt ihre Hand. Sie war kalt, kraftlos, deutlich abgemagert und mit bräunlichen Flecken übersät. Er hielt ihre Hand, wollte sich neben sie auf das Bett setzen, was aber nicht möglich war, da sie zu dicht am Rande lag, wollte einen Stuhl zum Bett heranziehen, scheute sich aber davor ihre Hand los zulassen; dachte daran, das Fenster zu öffnen, hörte Schritte auf dem Gang und befeuchtete ihre Lippen mit einem speziellen, medizinischen Wattestäbchen. Er sah es nicht, es war nicht messbar, doch spürte er deutlich, wie das Leben aus ihrem Körper entwich. Er hielt also ihre Hand, oder war sie es nun, die Seine hielt? Er blickte schnell aus dem Fenster hinaus, durch die Bäume vor dem zweigeschossigen Gebäude auf die gegenüberliegende Wiese.

243

Sie konnte den Ort des Strandes nicht näher bestimmen und versuchte es auch nicht weiter.

Sie lag da ohne eine Erinnerung, wie sie denn etwa zum Meer gekommen war, ob sie jemand begleitet oder geführt hatte, hörte nur das Geplätscher leicht auslaufender Wellen, vergrub die Hände im warmen Sand und sah auf das Meer hinaus. Sie hätte nicht zu sagen gewusst, wie lange sie dergestalt gelegen hatte, als der tiefblaue Horizont von Ferne her abzublättern begann. Einzelne Stücke brachen hier und da heraus und fielen lautlos in die Tiefe. Kleine Wasserfontänen spritzten auf, durch die entstandenen Lücken schimmerten anders farbige Schichten, die sich ebenfalls zu lösen begannen. Genauso Funken sprühend wie gemächlich zerging der Horizont, erfasste die Auflösung bald größere Teile, die sich miteinander verbunden und gemeinsam, verschiedenfarbig über – und durcheinander in das Wasser stürzten. Das Meer geriet in Bewegung. Nur wenig erinnerte noch an den vormals tiefblauen Horizont, der nun der verwitterten Fassade eines Hauses ähnelte. In wachsendem Maße verbleichend löste sich Schicht für Schicht, zerfiel sich überschlagend, erfasste die Auflösung den Horizont in seiner ganzen Breite. Schwarz- und Grautöne bestimmten jetzt das Bild, eine Wand von Schwarz- und Grautönen, unaufhaltsam zerbröckelnd, eine Wand, die näher rückte. Längst war die Sonne verschwunden. Sie zog die kalten Hände aus dem Sand und ging über das ausge- trocknet daliegende Meer dem sich zerset- zenden Horizont entgegen.

Im Grunde lief sie mehr, kaum dass die Füße den Boden berührten, immer den Horizont im Blick, der keiner mehr war. Auch die Atmosphäre, in der sie sich be- wegte, war nun in Auflösung begriffen. Was aber um sie nieder ging waren nicht die Trümmer einer Fassade, sondern Bil- der, Teile von Bildern. Sie stieg über Bil- der, und die näher rückende, schwärzliche Wand vor ihr schien ebenfalls aus Bildern zu bestehen. So löste sich also Bild für Bild und stürzte hinab, ganze Reihen von Bildern über- und durcheinander. Sie sah aus der Ferne kurz beleuchtet Bilder ihrer Kindheit, erkannte sich sitzend, im Garten, sah Freunde und Bekannte gleichermaßen in die Tiefe stürzen, sah vor sich den Gie- bel eines Hauses, trat in Vertrautes, in das sich Fremdes mischte. Als würde ihr Lebensbaum mit seinen unzähligen Bildern ausgeschüttelt, der Film ihres Lebens in zahllose Streifen zerschnitten, die nun über ihr zusammenfielen, und in deren Flut sie außer farbigen Punkten nichts mehr wahrnahm. Die herab prasselnden Stücke türmten sich vor ihr und bildeten kaskadenförmig emporschießend groteske Statuen, die sich miteinander verbindend zu seltsamen Bauten auswuchsen. Sie war zum Ausweichen gezwungen, sah vor sich aber sofort eine weitere Bildermassierung, die sie ebenfalls umging, bevor sie dann von mehreren Seiten gleichzeitig regelrecht eingemauert wurde und sich in einer abgeschlossenen Welt wieder fand.

Es war eine Welt für sich, ein Stück aus ihrem Leben. Detailgetreue Darstellung der äußeren Umstände, die herrschende Atmosphäre, Gerüche, Geräusche, die entsprechenden Gefühle und Gedanken wurden sichtbar, hörbar, wohl geordnet nebeneinander. Das Ganze kam ihr nur von Ferne her bekannt vor. Mehr als Besucherin in einer Galerie, als Gast in einer Ausstellung, bewegte sie sich weithin unbeteiligt, der Komplexität der Darstellung gewachsen; hätte aber eine Auswahl solcher Situationen persönlich wohl anders getroffen. So sah sie die Personen beschleunigt ihrer Wege ziehen, folgte Einer und fand sich dadurch unvermittelt in den nächsten Kosmos versetzt; schritt also von Kosmos zu Kosmos. Sie betrachtete interessiert, mit gehörigem Abstand, und kam nicht auf den Gedanken, es gebe etwas zu beurteilen. Empfand sie sich schon zu Beginn wie in ein riesenhaftes Gebäude eintretend, ein Gebäude, dessen Ausmaße nicht überschaubar waren, dessen Räume sich fortwährend und vor ihr ausdehnten, — umfing sie gleichzeitig die herrschende Atmosphäre so vollständig, dass sie sich unwillkürlich an eine Glocke erinnert fühlte, unter der sie, und in der sie den jeweiligen Kosmos erlebte. Eine ganze Reihe von Glocken also, die genau in dem Moment, als sie eben Diese in unterschiedlicher Größe nebeneinander aufgereiht sah, zu läuten begannen. Erst leise, zaghaft, als suchten sie den richtigen Ton, dann langsam anschwellend, bis jede für sich stolz ihren Rhythmus fand, — und ihr Weg plötzlich abbrach.

Als er wenig später, kurz durch lärmende Kinder auf der Straße abgelenkt, und noch immer abgewandt ihre Hand haltend wieder zu ihr hinsah, hatte sie aufgehört zu atmen. Nachdem die Schwester, die offenbar vor der Tür gewartet hatte, hereingekommen war, um ihm freundlich und still die Hand zu drücken, mit einem Blick auf das eingefallene, zur Maske erstarrte Gesicht mit energischen Bewegungen den beharrlichen Lauf des Tropfes unterbrach, und den die Flüssigkeit leitenden Schlauch aus der Kanüle entfernte, einige Worte mit ihm wechselte, ihm eine Tasse Kaffee anbot, die im Dienstzimmer der Station für ihn bereitstünde, er das Angebot noch wie betäubt angenommen hatte, darauf die Hände wusch, mit der souverän wirkenden Oberschwester das Nötige besprach und dann noch einmal in das Zimmer der Verstorbenen zurückkehrte, stand das Fenster halb geöffnet. Sie lag bis zum Hals mit einem frischen Laken bedeckt, unter die auf dem Bauch zusammengelegten Hände waren einige Blumen geschoben, die Apparatur des Tropfes, die Flaschen waren beiseite geräumt; — irgend Jemand, vermutlich die Schwester, hatte den einzigen Spiegel des Zimmers, der in Kopfhöhe über dem Waschbecken befestigt war, mit dem Bezug eines Kopfkissens abgehängt.

Privatsender waren auf der Suche nach skurrilen Figuren und stellten Diese öffentlich in Veranstaltungen vor, so z.B. den so genannten Hüter des Quells. So trat Jemand auf, der sich als Hüter des Quells vorstellte, und für sein Amt um finanzielle Unterstützung bat. Zunächst schilderte er seine Bemühungen, den Quell betreffend, dann die ihm zuteil gewordene Erscheinung. Erst saß er in stolzer Erwartung zu Füßen des Quells, hatte den herrlichen Klang schon im Ohr und sah sich mit silbernen Perlen hantieren. Dann übte er sanften Druck; dann stand er drohend und fixierte den Quell. Dieser lohnte es ihm mit einem Rinnsal, das stumm blieb und zur eigenen Schande im Sande verging. Darauf umkreiste er das Trübsal in geduldiger Sorge. Doch was kam, nach geraumer Zeit, als Lohn der geduldigen Sorge? Geplätscher, müde, lustlos und dumpf sich verweigernd. Also stieg er dem Gebirge entgegen, zwang sich durch Dornen, sparte an Speise, scheute nicht Mühe, nicht kaltes Gestein; zerschlug eine Schlange, überwand einen Bären und sah endlich fröstelnd hinab. Als er aber dann zerschunden die Quelle wieder erreichte und vor ihrer Stille nieder sank, erfolgte die Belehrung aus der Tiefe des Quells in drei Bildern. Er sah eine munter sprudelnde Quelle, die Gräben, und die umliegende Gegend befruchtet. Dann schritt ihm eine ehrwürdige Gestalt entgegen, in der einen Hand eine Schale gefüllt mit Wasser, in der anderen eine Schale gefüllt mit Feuer. Darauf sah er ein Gebäude in spärlicher Bewölkung, den Schornstein, dem dunkler Rauch entwich, und zwei Schmetterlinge in hastigem Flug. Der Inhaftierte und die ehrwürdige Gestalt reichten sich die Hände, die Schale mit Feuer fiel. Nun eilten Beide abwechselnd mit einer Schale von der Quelle zum Gefängnis und zurück.

Unter steigendem Konkurrenzdruck war bei den vielfältigen Veranstaltungen privater und öffentlicher Betreiber zunehmend Ideenreichtum gefordert. So gab es Angebote, bei Denen die Hin- und Rückfahrt per Bus oder Bahn im Preis mit inbegriffen war, bei Denen sich Beratung und Information mit einem Theater- oder Konzertbesuch verbinden ließen; Angebote, die speziell auf die Bedürfnisse junger oder älterer Bürger, Alleinstehender oder Familien zugeschnitten waren. Jede Interessenvertretung suchte sich in Inhalt und Ambiente der Veranstaltung von anderen Gruppen abzusetzen. Man scheute keine Anstrengung, rüstete Sporthallen zu Wohnzimmern um, informierte inmitten einer künstlichen Mondlandschaft, beriet mit Feuerzangenbowle, im Saloon, auf dem Deck eines Schiffes; die Kulissen im Hintergrund erinnerten an frühere Epochen, ferne Gegenden und historische Ereignisse; wahlweise konnte man die Einrichtung auch mitgestalten.

Es gab Veranstaltungen, die dem Teilnehmer eine bestimmte Kleidung oder Haarfarbe zwingend vorschrieben, wer sich für mehrere Veranstaltungen im voraus anmeldete, bekam erhebliche Rabatte eingeräumt. Man musste einen Fluss durchschwimmen um vor Ort zu kommen, fühlte sich bei anderen Varianten an jugendliche Schnitzeljagden erinnert, oder betrat den Eingang nur mit Mühe durch ein Spiegelkabinett. Man musste die Partner während der Veranstaltung tauschen, verkleidet erscheinen, bestimmte Mengen alkoholischer Getränke konsumieren. Musikalische Begleitung und die Kinderbetreuung für die Dauer des Aufenthaltes gehörten ebenso zu den Standardleistungen wie ein günstiges, gastronomisches Angebot. Auf kleinen Zetteln sorgsam formulierte Fragen zu den entstandenen Problemen wurden in Lostrommeln eingesammelt, die von geladenen Wissenschaftlern herausgezogenen Fragen beantwortet, die glücklichen Teilnehmer prämiert. So kehrte man nicht nur beraten und informiert, sondern auch gut unterhalten, die Taschen mit Werbeproben gefüllt, wieder nach Hause zurück. Überall lagen die Broschüren der politischen Parteien aus, gab es Gesprächsrunden, in Denen man sich offen zu den vielfältig entstandenen Problemen äußern konnte, waren die Meinungsforscher allgegenwärtig, sah man die früher nur von Ferne her bekannten Gesichter häufiger persönlich. Die entstandenen Probleme nutzten auch den privaten Geschäftemachern, die sich etwa als Wahrsager und Astrologen, brieflich oder telefonisch bei den vermeintlich Betroffenen vorstellten. So manche dieser Personen entdeckte und nutzte die entstehenden Marktlücken und eröffnete in einem wenig genutzten Hinterzimmer oder einer eilig umgebauten Garage ein privates Beratungsseminar, das eine sehr persönliche Atmosphäre vermittelte. Schon seit der zweiten Woche waren Sie vereinzelt aufgetreten; je länger nun aber eine Klärung des ungeklärten Sachverhaltes ausblieb, die Enttäuschung über fehlende Fortschritte bei den verschiedenen Forschungsprojekten wuchs, das Vertrauen in die Kompetenz der Verantwortlichen schwand, man den öffentlichen Verlautbarungen müde wurde, und sich zunehmend unfähig sah, den Erläuterungen der immer komplizierter werdenden, technischen Problemen zu folgen, desto mehr fanden sich Betroffene bereit, Rat und Erklärung auf anderen, ungewöhnlichen Wegen zu suchen. Zunehmend nutzte man die Möglichkeit, kleinere Filme selbst zu drehen. Eine familiäre Auseinandersetzung, die Parkplatzsuche, die gelungene Eskalation eines nachbarlichen Streites, der Phantasie waren keine Grenzen gesetzt. Man filmte im Bett und in der Küche, zeigte jedes Familienmitglied bei einer typischen Tätigkeit, übte sich als Sänger und Nachrichtensprecher, filmte offen oder versteckt in Bussen und Bahnen, auf Spaziergängen; warf laufende Kameras an Gummiseilen befestigt in die Tiefe. Die entsprechenden Geräte wurden auch leihweise und kostengünstig angeboten, die Volkshochschulen boten kurzfristig einführende Kurse an. Zudem tauschte man die Filme untereinander, in verschiedenen Städten entstanden Tauschbörsen, die für

ein geringes Entgelt die Vermittlung übernahmen und rechtlich absicherten; erst
agierten diese Tauschbörsen nur regional,
später dann auch überregional. Eine Zeit-
schrift, speziell auf dieses Thema zugeschnitten, war in Planung. Was für die
selbst gedrehten Filme galt, galt in ver-
gleichbarem Maße auch für die Photographie. Später sollte auch die Aquaristik
eine große Verbreitung finden. Die ständige Unsicherheit und Angst schafften bei
einigen der Betroffenen ein Klima, in dem
das Befürchtete gut gedieh; die vergiftete
Atmosphäre erzeugte die immer wieder
gleichen Stimmungen, Gefühle und Gedanken, die ihrerseits wieder zur Vergiftung
beitrugen. Ein altes Kinderlied, das mit
den Worten begann: Ich geh mit meiner
Laterne, und meine Laterne mit mir; wurde so in ein zweifelhaftes Licht gerückt.
Mancher der Betroffenen musste sich fragen lassen: Welche Farbe leuchtet heute,
in deiner Laterne? Wie groß ist der beleuchtete Ausschnitt?

In einem Preisausschreiben ging es um
Visionen angesichts der entstandenen Unsicherheit. Ausgezeichnet wurde z.B. der
Beitrag: Des Schlages Kathedrale. Vor
sich sah er ein alle Bewegung klebrig ver-

strickend umspinnendes Netz; und neben sich, an der Wand hängend, das Schwert mit schwarz glänzendem Griff. Das Schwert, das Schwert, in der Welt will ich es schwingen, dachte er, nahm es, und ging hin. Nun trennte sich das aufgeweicht keiner Mühe mehr Fassbare, durch das er gewatet; nun stieb in Funken das fälschlich Verwickelte, klaglos verging das unredlich Vermischte; so schlug er bis Alles auseinander flog und in tausend Stücken lustig glühend ein Gebäude wuchs, in das zu schreiten ein Vergnügen war. Dann saß er still auf dem Stuhle, faltete die Hände, und schaute umher, in seines Schlages Kathedrale, das widrig ihn Verstockende, es war dahin. Erst jetzt sah er, wen oder was er eigentlich geschlagen hatte.

Das Bedürfnis nach Ersatz trieb bei einigen der Betroffenen seltsame Blüten; nicht Jeder bekam die Hilfe, die er nötig hatte. Was suchte man mit Pfeil und Bogen im Fischgeschäft, oder mit einer blechernen Rüstung in der Bank?

Verhaltensmuster dieser Art brachten neben einigem Gewinn auch Konflikte mit sich. Denn die U-Bahn war nicht auf dem Wege nach Deriabar, der gepflegte Vorgarten hatte wenig Ähnlichkeit mit den von Raubtieren bevölkerten Sümpfen, die Kneipe an der Ecke lag nicht unter Artilleriebeschuss.

Wie musste es um die innere Verfassung von Betroffenen bestellt sein, die in einer belebten Einkaufszone die Axt an Bäume legten, und die, als Sie auf ihr Verhalten angesprochen wurden, nach Art der Präriejäger, an den Boden gedrückt, davon schlichen? Musste man den Postboten würgen, weil er die vereinbarte Parole nicht erwiderte? War es nötig, den Busfahrer zu erschießen, nur weil er in Tombstone nicht halten wollte?

So erregte Jemand großes Aufsehen, der schreiend durch eine voll besetzte Markthalle lief, und zur Rede gestellt behauptete, er könne mit dem Kopf an den Dingen drehen. Er unterschied vier Möglichkeiten und führte Diese auch praktisch vor. Konnte er sich an Etwas nicht erinnern, drehte er den Kopf nach links, — und er konnte sich erinnern; ging es um das Ausflugswetter Mitte nächster Woche drehte er den Kopf nach rechts, — und bekam die erwünschte Auskunft. Befinde er sich in unangenehmen Zuständen, beschleunige er ihren Fortgang durch ein kurzes Nicken; fühle er sich hingegen wohl, so lege er den Kopf nach hinten und dehne die Zeit nach Belieben.

Es war bezeichnend für die Gemütslage einiger Bürger, dass man ihm teilweise ernsthaft zuhörte. Als er dann mit Südfrüchten beschenkt in die Obhut einer Polizeistreife übergeben wurde, nickten sich die Mehrzahl der Beobachter Mitleid oder Spott bekundend, zu; einzelne aber standen noch mit offenen Mündern, bevor Sie leise ihre Köpfe schüttelnd, wieder ihrer Wege gingen.

Als Beispiel für das Erleben im Schatten des Nicht-Erleuchteten die Geschichte von dem gelobten Land. Ein Betroffener erzählte Sie im Laufe einer Gesprächsrunde und bezog sich auf jenen Patienten, der sich wegen abendlicher Überfälle ermüdet krankschreiben ließ. Eine Nacht aber, als er fast verzweifelnd die Höhle in aller Mühsal unzugänglich fand, geriet er darüber trotz seiner Schwäche in furchtbare Wut und traf um sich schlagend Schäbige, Lästige, Mitläufer und freundlich Gesinnte ohne Unterschied mit gleicher Härte. Die Schreie der Unschuldigen erhöhten den Zorn in das Gewaltige, sein letzter Schlag brach Alles in Trümmer; und zogen ihn nun die Trümmer mit sich oder konnte er trotz allem nicht von Ihnen lassen, jedenfalls trieb ihn Licht pulsierend durch unbekannte Gegend bis hinter Nebeln erste Strahlen jenes Land erweckten, das ihm schon manchmal, doch nur ahnungsweise im Traume vorgeschwebt. Weit schien das gelobte Land, sehr weit, und umgeben von jener sagenhaften Grenze, an deren Errichtung über Generationen hinweg gearbeitet worden war. Irrtümer und Misserfolge in dem Bemühen um eine endgültige Lösung füllten die zahlreichen Bände der im Zentrum gelegenen Bibliothek, einem Bau, dessen Ausmaße an eine Kathedrale erinnerten und der gleichermaßen als Archiv, für historische Seminare, und als Gedenkstätte diente.

In jedem Haus fand sich an exponiertem Platze die Nachbildung eines Grenzsegmentes aus natürlichem Material, wie etwa Ton, Stein, oder Holz; ein Gesetz musste erlassen werden, dass eine religiöse Verehrung dieser Gegenstände unter Androhung drastischer Strafen verbot. Was nun jene sagenhafte Grenze anging, waren Art und Umfang der Zugelassenen, sowie der Zeitpunkt der Zulassung, abhängig von den jeweiligen, in allgemeiner

Übereinkunft festgesetzten Bedürfnissen; über den Eingang vorläufig zugelassen wurden nur die Angeforderten, die endgültige Zulassung der Angeforderten unterlag einer besonderen Prozedur. So war es möglich, die Grenze nach Belieben auch für längere Zeit zu schließen, oder Sie kurzfristig, etwa um Sonderwünschen zu genügen, für die Angeforderten passierbar zu machen. Die Bewachung der Grenze außerhalb des Einganges hatte eher dekorativen Charakter, da nur eine Art des Überganges möglich war. So stand er, durch jahrelangen Kampf durch Zustand und Sehnsucht als berechtigt ausgewiesen, zu seiner Belehrung und Erquickung in dem Eingangsbereich der Grenze. Langsam fuhr ein Lastwagen mittlerer Größe an die dem Grenzgebäude vorgelagerte Rampe heran. Die schweren Türen öffneten sich, Licht fiel in das Innere. Er stand, still und andächtig, stand eine ganze Weile ungestört, und ohne wirklich zu begreifen; nie hätte er dergleichen für möglich gehalten. Da waren Sie, mit eisernen Bügeln an ebensolchen Querverstrebungen aufgehängt, fortlaufend nummeriert, und ein jeder für sich in einer mehrseitig schützenden Verpackung. Vereinzelt waren Sie auch zu Boden gefallen, in die Ecken des Laderaumes davon gerutscht, oder hatten sich am Gestänge ineinander verhakt; doch ob Dies nun aus eigenem Antrieb oder in Folge von außen wirkender Erschütterung geschehen, nummeriert und farblich unterschieden entkamen Sie der neuen Ordnung nicht. Fast hätte er, innerlich jubilierend, laut aufgeschrien und den Plastikummantelten seine Faust in die Seite gerammt, da setzte sich plötzlich die Grenzmaschinerie in Bewegung, so dass er mit Respekt und Würde den ihm bezeichneten Abstand einnahm. Zunächst wurden die vorläufig Zugelassenen abgehängt und auf geeignete Ständer verbracht, dabei die Reihenfolge der Nummerierung wahrend; so dann in die hell ausgeleuchtete Vorhalle des mehrstöckigen Grenzgebäudes gerollt, den Aufträgen gemäß auf weiteren Ständern geordnet, und von Diesen aus direkt in metallisch blinkende Ösen des unter der Decke befestigten Fließbandes eingehakt. Erst jetzt wurde die mehrseitig schützende Verpackung entfernt, und die an dem Fließband nach Aufträgen Geordneten Stück für Stück mit Kennkarten versehen. Auf Diesen waren Stücknummer, die Gesamtzahl des Auftrages, sowie in Stichworten; Thematik, Zweck, Bestimmungsort, Verweildauer und Auftraggeber eindeutig festgehalten. Dann, nach einer kurzen Pause des Gedenkens, fuhren Sie, die ehemals frei Schweifenden, leise summend an der Decke entlang in andere Räume, in andere Stockwerke; wurden dort intensiv auf Beschädigungen hin überprüft und, nachdem die Richtigkeit des Auftrages ein letztes Mal zurück gefragt, endgültig zugelassen. Der weitere Verlauf war unspektakulär. In eindeutig beschrifteten Kisten verpackt, wobei Duplikate der Beschriftung im Inneren der Kisten befindlich, gelangten Sie, auf Lastwagen verfrachtet, von einigen Beamten begleitet, zu ihrem Einsatzort und wurden unter Aufsicht ihrer Bestimmung zugeführt. So weit die Schilderung seiner Erlebnisse in jenem legendären Land.

Auf einer Veranstaltung hielt jene Frau einen Vortrag, die von der Gruppe der Hartnäckigen verfolgt worden war. Sie sprach über das ihr eigentümliche Thema, die Löcher im Tagesablauf. Nach ihrer Erfahrung dehnten sich die so genannten Löcher im Tagesablauf in rätselhafter Form zu öden Flächen. Die in der Ödnis herrschende Atmosphäre erinnerte Sie persönlich an Höhenluft im Gebirge, an die Druckverhältnisse in tiefen Gewässern, das schwül Stickige eines tropischen Regenwaldes. Bedrückend, dumpf und schwer das Gemüt belastend sei es dem nicht an die Verhältnisse Gewöhnten, dem Unerfahrenen hier wie da, und das man, auf welchem Wege auch immer in das Ödland hineingeraten, umgehend wieder fliehe, sei Niemandem zu verübeln, auch Sie habe diese Erfahrung gemacht, machen müssen. Dann aber, in gewohnten Umständen, hatte Sie nicht ohne Schaudern an trügerisch knirschend sich verschiebende Eisschollen gedacht, an über Schneewüsten hinziehende Schlitten mit kraftlos kläffenden Hunden, die nur mehr der Instinkt vorwärts trieb, die keine Peitsche mehr spürten; sah Gesichter, denen unter vereister Vermummung der keuchende Atem augenblicklich gefror, und in diesem Zustande fuhr man schlingernd ohne Blick für die schlichte Majestät der Landschaft dem in rötlich-violettes Licht getauchten Horizont entgegen, und sinke dann, nachdem man die Tiere versorgt, unsagbar erschöpft, doch zufrieden mit einem heißen Getränk in das von der heimischen Vorhut kärglich zubereitete Lager.

So habe auch Sie sich zögernd wieder auf-
gemacht, trotzte der dumpf das Gemüt bedrückenden Atmosphäre, setzte ihre
Schritte behutsam. Vergleichbar sei das
einem beschwerlichem Gang durch tropi-
sche Wälder; wo ja auch jeder Schritt mit
Gefahren behaftet, wo man in der einen
Hand die blinkende Machete, dorniges Gestrüpp zerschlagend, mit der anderen vergeblich die Schwärme lästiger Mücken
verscheuchte, dabei immer wachsamen
Blickes für das potentiell Feindliche der
Umgebung, um sich das viel tausendfach
dröhnende Zirpen und Tönen des vom
Lichte kaum durchdrungenen Waldes,
kreischende Affen in Schwindel erregen-
der Höhe, die Gesichter vom Schweiße
verklebt; in diesem Zustande umgehe man
so manches übel gärende Gewässer, achte
der sich schlängelnden Reptilien nicht,
und raste, nur den eigenen Mut zur Seite.
Gewöhne man sich nun an die schwer er-
trägliche Atmosphäre, und lerne Diese zu
ertragen, zu durchdringen, werde es einem mit der Zeit durch ein gewisses Maß
an Stille gelohnt. Einer Stille, die auf hohen Gipfeln herrsche; vertieft noch durch
einen leichten Wind, der das vom Aufstieg
ermüdete Haupt erfrischte. So stehe man,

Täler und belebte Vegetation weit unter sich, schaue in die Ferne, das Gemüt beklommen und großartig erweitert zugleich, demütig und herrschend, ein Sinnbild für so manche Frage; und bröckelten kleine Steinchen den waghalsig erklommenen Weg in die Tiefe zurück. Gewöhne man sich nun im weiteren Verlauf an die Stille, so fuhr Sie fort, und sehe man genauer hin, würden in der vermeintlichen Ödnis Umrisse einer nebelverhangenen Landschaft sichtbar. Auch hier könne es Niemandem verübelt werden, wenn man unsicher auf unbekanntem Terrain sich bewegend das Ödland wieder verlasse; ihr persönlich sei es ähnlich ergangen. Doch ging ihr die verschleierte Landschaft nicht aus dem Sinn, entdeckten sich auch wie vermutet bei jedem Wagnis neue Einzelheiten, trat die Struktur in der Stille nur von ständig bedrohlichen Blitzen erhellt zunehmend deutlich zu Tage.

So gab es spärlich umschattete Wege, die immer offen standen; unzugängliche Schluchten; Abgründe, in dessen Tiefe sich der Blick bedrohlich angezogen verlor; Flächen, deren Beschaffenheit an milchig-trübe Spiegel erinnerte, auf denen Sie bäuchlings mit Seilen gesichert umher rutschte und nach einiger Übung durch ihr verschwommenes Spiegelbild in das Element hinein-, hinab schaute. Natürlich seien diese Unternehmungen mühsam, und Nichts gehe hier ohne gute Vor- und Nachbereitung. Sie erinnerte nochmals an Eiswüsten und Ähnliches. Wo wäre man ohne Pioniergeist und Forscherdrang gelandet; auf dem Mond gewiss nicht; und wer das Abenteuer in diesem Sinne suche, werde ihm gewachsen sein, so ihre Erfahrung.

11. Die Einladung

In der Wochenendbeilage einer Zeitung erschien die Erzählung von der Einladung. Einladungen hatte es in unregelmäßigen Abständen immer gegeben, doch nie war er den damit verbundenen Aufrufen über erste Schritte hinaus gefolgt. Sie erreichten ihn zu früh, so dass er eine Beantwortung aufschiebend eben diese Beantwortung letztlich vergaß, Sie erreichten ihn zu spät, so dass eine Reaktion seinerseits nicht mehr angemessen schien; die Botschaft war mehrdeutig, unverständlich, oder es fehlte die Zeit für eine ernsthafte Prüfung, wenn die Einladungen seinem Urteile nach nicht überhaupt auf einer irrtümlichen Zuordnung beruhten. Weitere Nachrichten im Zusammenhang mit der jeweiligen Einladung, etwa in Form einer Mahnung, einer Beschwerde oder Ähnliches gab es nicht, jeder Vorgang schien mit der übermittelten Einladung gleichzeitig auch abgeschlossen. So stapelten sich die Dokumente in einer nur schwer zu bewegenden Truhe; lagen von Staub umhüllt hinter Schränken; und im Garten unter sorgfältig angelegten Blumenbeeten vergraben. Warum er die kürzlich an ihn ergangene Einladung nicht ähnlich behandelte, hätte er unter dem Eindruck zunehmend quälender Gedanken, einer beständig auf ihm lastenden, dumpfen Beschwernis, dem Missklang in jeder Stimmung, der nicht auszuweichen war, nicht zu sagen oder gar zu rechtfertigen gewusst; selbst im Trüben fand er keine Ruhe, wenn sich die Stille klebrig überzog. Geriet das Bevorstehende doch irgendwie aus dem Sinn, dröhnte es ihm wenig später aus der Ferne schnell sich nähernd und bitter schmeckte dann die aufgewühlte Luft dass er sich beugte und wohl beugen musste. Anfangs hatte er noch über Alles hinweg gesehen; jetzt zog und zerrte in ihm, was über ihm drohte, gleich einem schwarzen Vogel schwer die Flügel schlagend, der kopflos seine Kreise zog. Es kam der Tag, da wünschte er geradezu das gesamte noch Mögliche, und sicher Bevorstehende Ziehen und Zerren herbei, auf das aller Schrecken sich um ihn versammle, um einmal und endgültig den Becher zu lehren; sah auf dem Grund aber doch nur Erschöpfung und wie der Becher sich wieder füllte. Weshalb also ging er trotzdem?

In dieser Phase war es wohl mehr ein Fallen als ein Gehen, wenn er auch letztlich nicht zu Falle kam. Während er nun dergestalt strauchelte, den Grund vor Augen, und physikalischen Gesetzen zum Trotz, schien es ihm mehrmals, als klopfe da Jemand auf seine Schulter, was ihn noch tiefer drückte, aber gleichzeitig auch vorwärts stieß. Im weiteren Verlauf des Geschehens nahm er neue Gewohnheiten an. Täglich zwang er sich mit grünlich gefärbten Hölzern unter dem Arm zu einer nahe gelegenen Schlucht, und warf einige Schaufeln des ebenfalls mitgeführten Sandes in die Tiefe. Dann wartete er, sah drohend dem Sand nach, bevor er die Hölzer eng nebeneinander in den weichen Boden stieß; grünlich gefärbte Hölzer, weithin sichtbar, und mit hellem Bast umwunden. Was er aber auch tat oder nicht tat, immer wieder wölbten sich ihm aus dem Nebel die bekannten Spukgestalten. Sie erwarteten ihn morgens, in ihrem Schatten legte er sich; am Tage fuhren Sie hell bis in die letzten Winkel und streckten die Hände nach ihm. Trotz Allem staunte er insgeheim, dass die Produktion nicht erlahmte. Es musste sich wohl um eine Maschinerie handeln, innerhalb derer sich die Beteiligten von jeher kannten; ein Jeder um die Verlässlichkeit des anderen wusste und

die deshalb einen reibungslosen Ablauf er-
möglichte. Eine beständig gute Auftragsla-
ge sorgte zudem für die nötige Sicherheit.
So lief die Arbeit Hand in Hand und wurde
das jeweils Angeforderte auch produziert;
die weitere Verwendung bedachte Keiner,
und musste auch Keiner bedenken.

Welcher Art die Aufträge waren, in welchen Farben und Formen Sie spielten; ob
Sie etwa wegen der zu erstellenden Moti-
ve und Muster als ungewöhnlich galten,
vielleicht sogar als Herausforderung begriffen werden konnten, den letzten Einsatz der Beteiligten verlangten; oder ob es
sich um Durchschnittsware handelte, um
Wiederholungen, und gerade Diese wurden stark nachgefragt; — das Alles war
weniger wichtig, ein wertendes Gespräch
darüber vermieden die Beteiligten. Die
Aufträge kamen und wurden ausgeführt,
wesentlich blieb immer die Qualität der
Arbeit. Fehler unterliefen nicht, Beschwer-
den gab es nie, oder Sie drangen jedenfalls nicht bis hierher. Nur manchmal
dröhnte es leise wie von einem in der Ferne auslaufenden Gewitter. Das Innere der
auftraggebenden Zentrale war den Beteiligten weithin unbekannt. Eine schmale
Treppe, die niemals Jemand hinauf oder

hinunter ging, führte eng gewunden zu den dunkel getönten Fenstern von Räumen, die sich weit nach hinten erstrecken mussten und aus Denen Nichts nach Außen drang. Keiner wagte den Blick nach oben, ohne gleichzeitig den Kopf zu ducken; letztlich aber störte sich Niemand, da man selber auch ungestört blieb. In jener Zeit waren die Konsequenzen einer Absage nicht mehr berechenbar.

Der Weg lag grundlos aufgeweicht und mit Gestrüpp bewachsen vor ihm da. Als er den Übergang, die Möglichkeit des Überganges ernsthaft prüfte, versank er schon nach wenigen Metern, umgestürzte Bäume überkletternd im Schlamm, der gierige Insekten nährte. Er suchte nach anderen Möglichkeiten, die angenommene Einladung zu umgehen, fand aber nur Auswege, in die kein Licht drang und in Denen der Aufenthalt nicht von Dauer war. Als er sich dann den kaum passierbaren Weg erneut betrachtete, hatte sich die Szenerie verändert. Still glänzten auf dem Wege kleine Lachen brackigen Wassers, gefällte Bäume waren wie hölzerne Pfade im mondlichtgespiegelten Himmel, gesäumt von zu Gruppen formierten Büschen und Sträuchern, deren milden Duft ihm der Wind entgegen trug. Je länger er in das vormals dornige Gewirr hinein starrte, wich das Undurchdringliche wie unter Bann und förmlich einer neuen Ordnung. Plötzlich war er sehr froh, die Einladung angenommen zu haben; mit Unverständnis dachte er nun an seine ablehnende Haltung früheren Aufrufen gegenüber. Wieder lief er mit Sand und grünlichen Hölzern, verblassten die Spukgestalten, wich das Quälende, lachte er bei sich sogar ein wenig über jenen Vogel, der in dem kopflosen Kreisen fort fuhr, doch in seinen Bewegungen zu ermatten schien. Der angezeigte Termin rückte näher, da fand er eines morgens in der Post eine plastikummantelte Karte ohne Bezeichnung, die beidseitig rötliche Streifen aufwies. Er nahm Sie an sich, schon im Gefühl seltsamer Vorahnung, und tatsächlich passte Sie auch in jeden der Automaten, die an Diesem, und nur an diesem Tage an den Straßen, in öffentlichen Gebäuden, den U-Bahnhöfen und selbst im Walde mit frischer Lackierung wie von Geisterhand aufgebaut waren. Steckte er nun die Karte in die dafür vorgesehene Öffnung, bekam er dafür nach kurzer Zeit ein Bild, eine Photographie minderer Qualität. Zweifelsfrei

erkannte er sich, in seinem jeweiligen Zustande, inmitten der entsprechenden Umgebung. Drehte er aber das Bild nach
rechts oder links, hielt er es gegen das
Licht, oder beugte er sich etwa ganz kurz
darüber, erschien sein Bild, sein Antlitz
verändert, im Lichte einer anderen Möglichkeit. Das war genauso entsetzlich wie
erstaunlich; den ganzen Tag lief er in der
Stadt umher, von Automat zu Automat,
von Möglichkeit zu Möglichkeit. Die mühsam errungene Zuversicht war mit einem
Schlage dahin; Fragen und Spukgestalten,
die er gebannt glaubte, kamen wieder.
Weshalb denn überhaupt noch diese Einladung, so fragte er sich immer wieder,
nachdem er die Vorigen sämtlich ignoriert
hatte? Wie groß musste die fehlende Einsicht sein, oder die Bosheit, dass man ihn
nicht in Ruhe ließ? Was sollte aus ihm
werden, ginge er nicht, und was sollte
werden, ginge er? Die Gänge mit Sand
und grünlichen Hölzern schienen ihm nun
wahrhaft lächerlich; mit Bitterkeit, nicht
ohne Zorn, dachte er an jenes Klopfen zurück, das ihm doch aufrüttelnd durch alle
Glieder gefahren war; ohnmächtig und
wütend sah er, wie die Produktion wieder
anlief, die mondlichtgespiegelten Pfade als

Trugbild zerronnen. Als er am Tag der Verabredung früh erwachte, nach unruhiger Nacht früh aufstand, hatten sich die ihren Gräbern entstiegenen Einladungen schon um ihn versammelt. Er musste also ohnehin fort, und der kopflos kreisende Vogel wies ihm schwer die Flügel schlagend auch die Richtung. Buntfarbige Spukgestalten säumten den Weg, ihn verlachend, der schon bald schützend die Hände hob und zu laufen begann, jetzt fast erleichtert, dass die in seinem Rücken sich türmende Flut ihn sicher bald erfassen werde; worauf ein frischer Wind auf kam, den Staub von der Straße fegte, er seine Schritte noch beschleunigend in einiger Entfernung vor sich den Abgrund erkannte, und gerade noch sah, wie Jemand mit einem Schrei hinab stürzte, der grässlich heiser vor Erschöpfung die letzte Regung des von ihm Gehetzten war. Dann blieb es still; er saß am Rande der Schlucht und lauschte in die tiefe hinein. Nichts regte sich, einige Blätter rauschten leise im Wind, ein rötlich gefärbtes Eichhörnchen lief hastig von Ast zu Ast.